Humo en tus ojos

Humo en tus ojos

Cristina Pacheco

 Planeta

Diseño de portada: Eleazar Maldonado/Factor 02
Diseño de interiores: arre

© 2010, Cristina Pacheco

Derechos reservados

© 2010, Editorial Planeta Mexicana, S.A. de C.V.
Avenida Presidente Masarik núm. 111, 2o. piso
Colonia Chapultepec Morales
C.P. 11570, México, D.F.
www.editorialplaneta.com.mx

Primera edición: febrero de 2010
ISBN: 978-607-07-0318-8

Impreso en los talleres de Litográfica Ingramex, S.A. de C.V.
Centeno núm. 162, colonia Granjas Esmeralda, México, D.F.
Impreso y hecho en México – *Printed and made in Mexico*

Siempre se van

I

—HOY SÍ SE TE PEGARON LAS SÁBANAS. ¿VISTE QUÉ HORA ES?

Reynaldo no tiene ánimos para responderle a su madre y pasa de largo rumbo al patio. El contacto de sus pies descalzos con las baldosas frías lo estremece y le recuerda el consejo que hace años le dio Marcial: "En este *bisne* la cosa es no moverse. Te plantas como los buenos toreros y ¡ya estufas, ya la hiciste!" Se acerca a la pileta, hunde las manos en el agua helada y se empapa el rostro.

Ya completamente despierto, Reynaldo decide que por la noche, cuando termine su jornada, pasará a los *Baños Miguel* para darse un vaporazo. Desde que comenzó a trabajar de *crucecita*, primero en el Circuito Interior y después en el Periférico, Marcial le recomendó que se permitiera ese lujo por lo menos cada dos semanas porque así no enfermaría de los pulmones por respirar tanta contaminación.

II

La primera vez que entró en la cabina de vapor Reynaldo sintió asfixia y miedo de fundirse, como el hielo bajo el sol, entre las nubes espesas y cálidas. Para desvanecer sus temores, a cada minuto se palpaba la cara, el pecho, el vientre. La auscultación lo hacía sonreír aliviado.

Desde que logró superar sus miedos, los *Baños Miguel* se han convertido en uno de sus destinos predilectos. Allí borra la realidad, se pierde de sí mismo y llega a creer que aún es posible realizar su anhelo: disponer de un espacio más amplio que el que ocupa entre los carriles del Periférico.

Cuando en la reestructuración de la fábrica su padre perdió el puesto que los sostuvo toda la vida, a Reynaldo no le quedó más remedio que suspender sus estudios y buscar trabajo. Lo consiguió en mercados, talleres, vulcanizadoras. Lo más próximo a sus sueños fue un edificio en construcción. El accidente que sufrió en una rampa lo hizo desistir. Entonces se acercó a Marcial. Él tuvo la respuesta: "Anímate y ponte a vender conmigo en el Circuito. De *crucecita* saca uno por lo menos para comer".

En ese entonces Reynaldo aspiraba a mucho más, algo que lo acercara a sus sueños: inscribirse en la Facultad de Arquitectura, conseguir empleo en un despacho de prestigio, independizarse de su familia, darle vuelo a su imaginación en el diseño de edificios intrincados, tener un coche deportivo, irse lejos.

Sus anhelos se fundieron en uno solo —esfumarse—la tarde en que se acercó a un automóvil para ofrecer sus mercancías: refrescos y bolsitas de pistaches. Antes de que pudiera huir escuchó la voz de Elsa, su antigua compañera de la preparatoria: "Rey: ¿andas vendiendo? ¿Pero por qué?"

Él se limitó a mirarla en silencio mientras Elsa lo avasallaba con nuevas preguntas: "¿Qué pasó, por qué no entraste a la universidad?" Reynaldo bendijo el concierto de cláxones que le exigían circular al Tsuru. Y se alejó en sentido contrario, perseguido por la sensación de que Elsa seguía mirándolo.

Esa noche, cuando se reunió con Marcial en la gasolinera donde guardaban sus mercancías, le contó su encuentro con Elsa y terminó jurándole que por ningún motivo, ni por todo el oro del mundo, volvería a vender en el Circuito.

Su amigo le preguntó de qué pensaba vivir entonces. Reynaldo no tuvo respuesta y Marcial continuó: "Deja que te presente a mi cuñado Lázaro. Él anda de *crucecita* en el Peri. Yo he trabajado allá. Es más o menos como aquí, sólo que hay más tráfico y más velocidad." Esa palabra, *velocidad*, fue la clave para que Reynaldo aceptara la sugerencia de Marcial.

III

La visión lejana de los hoteles y edificios "inteligentes", el paso de los tráileres cargados con mercancías valiosas y de los coches deportivos, le devolvieron a Reynaldo la ambición, la carga completa de sus sueños y el ímpetu para realizarlos todos, incluido el reencuentro con Elsa. Quería tenerla cerca los minutos suficientes para demostrarle que no era un fracasado.

Al cabo de unos meses olvidó también esa ilusión. Mientras se ve inmóvil, indefenso frente a los ríos de vehículos que pasan a toda prisa, lo único que le importa es mantenerse a salvo y, a veces, mirar las facciones de los automovilistas.

No lo consigue pero en cambio *siente* sus expresiones de asombro, incredulidad, horror, desprecio. Para vengarse, Reynaldo los maldice en secreto, les atribuye defectos, vicios abominables y al final los mete a todos en un mismo saco: "Bola de mamones".

IV

El único lugar en donde Reynaldo logra reconstruir sus sueños es en los *Baños Miguel*. En cuanto se quita la ropa y se desliza en la cabina de vapor, se abandona a la bruma y permite que su imaginación lo vista de éxito, riqueza, aciertos, reconocimiento. Por un momento se transforma en otro, se escapa de su cárcel cotidiana: se va muy lejos.

El grito del bañero: "¡Tiempo!", lo devuelve a la realidad. Es fría, resbaladiza como los mosaicos donde sus huellas se ahogan en los charquitos de agua. Envuelto en la toalla, se dirige a la regadera y se mira los dedos arrugados. Su risa se agranda en el eco y este sonido destruye la ilusión de que es niño de nuevo y puede jugar a inventarse un futuro más amplio que el mínimo espacio que ocupa a diario. Allí permanece inmóvil, con los brazos extendidos, como un crucificado expuesto al peligro, al estruendo, al abandono de los que siempre se van.

El último adiós

I

NO PODÍA ACEPTAR QUE TE HUBIERAS IDO. PASASTE POR EN-
cima de todos los años en que vivimos juntos, abriste la puerta y
después de unos segundos no quedó siquiera el eco de tus pasos.
¿Te imaginas lo que sentí frente a ese silencio? Aunque quiera, no
puedo describírtelo y no me esforzaré por hacerlo: sería demasiado
doloroso.

Las personas que se van no piensan en que dejan las huellas de
su ausencia. En la casa las encontraba por todas partes y sin embargo
me resistía a verlas. Me volví una perfecta mentirosa para mi
propio consumo: colocaba en la mesa dos cubiertos, ponía en el
jarroncito azul las flores que te gustan —por cierto, nunca me atreví
a preguntarte quién te enseñó a apreciarlas— y luego me dio por
hacer algo aun más absurdo: seguí llevando tu ropa a la tintorería.

Acabé por sentir una especie de agradecimiento hacia tu chamarra de pana gris y tu abrigo negro porque fueron las prendas que
conservaron tu olor durante más tiempo (tus camisas no tuvieron
memoria). Te lo digo y me dan escalofríos porque me recuerdan lo
sola que estaba; no, más bien lo mutilada que me sentía.

No necesito aclararte que nuestros amigos no me ayudaron a
sostener mi fantasía. Con la mejor intención del mundo, en cuanto
me los encontraba lo primero que hacían era preguntarme: "¿Has

sabido algo de Mauricio?" Después se ahorraron las palabras pero siguieron interrogándome con los ojos. Miraditas, ya sabes...

Esta vez no voy a preguntarte si te aburre lo que te estoy contando, pero puedes bostezar como lo hacías disimuladamente cuando te hablaba de mis problemas de trabajo o de mis sueños. Hasta los que me parecían escalofriantes te provocaban somnolencia. Fingía no darme cuenta. ¿Hice mal? No te preocupes, tengo la respuesta: sí. En eso y en muchas otras cosas me equivoqué. Ahora que no tiene ningún sentido mencionarlas puedo hablar de ellas porque, aun cuando te tenga a medio metro de distancia, ya no estás.

No debo ser tan injusta conmigo misma. En medio de todas mis debilidades me reconozco un mérito: nunca te busqué. No anduve merodeando por tu oficina ni por los rumbos que frecuentas. Lo que sí hice fue estar lista para reconocerte en medio de las multitudes. No exagero: las hay a cualquier hora en todas partes.

También te esperaba en el teléfono, a la salida de mi trabajo, en el estacionamiento, en la casa. Nunca pude imaginar qué nos diríamos pero estaba segura de que a partir de ese reencuentro íbamos a seguir caminando juntos. No me culpes por hablar como personaje de telenovela. Contraje la infección durante las infinitas noches que pasé frente a la tele viendo mundos de fieras.

II

Hay personas que se resisten a aceptar la muerte de sus seres queridos y se refugian en la idea de que están lejos, de viaje o al otro extremo de la ciudad, y que un día regresarán. Usé la táctica a la inversa: cuando comprendí que no ibas a volver opté por enterrarte: "Mauricio está muerto. La muerte es irreversible y nunca devuelve a sus presas".

Me convertí en "tu viuda" y lo hice bastante bien. Empecé por empacar tu ropa y llevarla a un asilo. Guardé tus retratos, excepto el que nos tomaron en una trajinera. Míralo, allí está. ¿No parecemos una pareja de recién casados? Después vino lo más difícil:

decidir entre permanecer en esta casa o buscar otra sin huellas en las paredes, sin quemaduras en la mesa de la cocina, sin la marca que le hiciste a la duela del comedor.

Como ves, opté por quedarme aquí. Supongo que a pesar de haberme convertido voluntariamente en viuda, abrigaba la estúpida esperanza de que volvieras. Después reconocí mis verdaderos motivos: este departamento es muy cómodo y no encontraré otro con techos tan altos. ¿Te cuento algo morboso? Los primeros días de tu ausencia miraba hacia lo alto pensando en colgarme de una viga.

Me alegra no haberme suicidado, me habría perdido de muchas cosas; entre otras, asistir a tu verdadero entierro. Es hoy. No, me corrijo: está siendo hoy. No puedes resucitar de la muerte que te inventé; no puedes haberte ido siete años y luego volver como si nada para que rehagamos nuestra vida.

Lo que estamos reconstruyendo aquí es tu muerte. Cumplí por adelantado con las ceremonias que rodean la viudez, padecí, me deshice de tus cosas, borré tus huellas y conservé tu retrato como si fuera una reliquia. En la foto sigues igual que aquel domingo en el que yo ni siquiera imaginaba la posibilidad de nuestra separación.

¿No dices nada? Perdón: no te he dejado hablar, pero aunque te lo permitiera sería inútil porque tú estás muerto. No me cuesta ningún trabajo aceptarlo pero si me doliera podría decir: "Mauricio está haciendo un viaje largo. Un día regresará."

Me miras como si no me reconocieras. Lo entiendo. No estabas preparado para esto. ¿Cómo imaginaste que iba a recibirte? ¿Llorando, pidiéndote perdón como si fuese yo quien se alejó? O imaginaste una de aquellas pavorosas escenas que tanto te preocupaban, no porque me vieras sufrir, sino porque los vecinos podían escuchar mis reclamaciones que te mostraban ante ellos tal como eres, o mejor dicho, como eras conmigo.

No dudo de que con otras mujeres hayas sido distinto, más cordial, menos impaciente. No te sientas extraño por eso. Todos tenemos muchas caras. Las vamos cambiando según el interlocutor que tengamos enfrente... o abajo. Me avergüenza recordar que llegué a ponerme de rodillas frente a ti para suplicarte —¡suplicarte!— que no te fueras. No sirvió de nada. Debí comprenderlo desde el momento en que me decías: "Con esos teatritos lo único que vas a lograr es que me harte." Y sucedió: te hartaste y te fuiste sin llevarte siquiera el cepillo de dientes. Te lo agradezco en nombre de los ancianos que resultaron los primeros beneficiados por tu abandono.

III

Me gustaría llevarte al asilo donde están. Uno de ellos se parece mucho a ti: tiene los mismos huesos de la frente, la misma forma de ojos, el mismo óvalo de la cara. Si lo vieras vestido con tu *blazer* azul podrías imaginarte cómo serás cuando tengas ochenta años. Para ese viejo el encuentro contigo podría ser una experiencia fantástica, un viaje de regreso a sus años de madurez. Nada de esto puede ocurrir porque tú estás muerto, al menos para mí.

Un día iré a visitar al anciano. Casi estoy segura de que se llama Jerónimo. Le hablaré del parecido entre ustedes y le diré que fui a visitarlo porque quise hacerme las ilusiones de que te estaba viendo como si hubieras alcanzado a cumplir ochenta años. El hombre se intrigará y como lo que le sobra es tiempo, preguntará de qué moriste.

No quiero asustar a ese pobre viejo describiéndole una agonía prolongada, así que colmaré su curiosidad hablándole de tu muerte repentina. Es posible que él te envidie sobre todo cuando le diga que expiraste en la sala de tu casa, en el sillón en donde ahora estás sentado mirándome con la misma extrañeza con que yo te vi alejarte.

Ahora, si no te importa, me gustaría que me dejaras sola. Antes me hubiera parecido insoportable, ya no. La soledad me gusta. Hago muchas cosas: trabajo, oigo música, leo, ordeno la casa, salgo a pasear y te recuerdo sin rencor, sin sufrimiento, sin reprocharte nada. ¿Cómo podría hacerlo si estás muerto?

Los tesoros del mar

I

EL ESTRUENDO DE LAS MÁQUINAS INUNDA EL TALLER DONDE se fabrican bolsas, gorras y mochilas. En las paredes salitrosas se exhiben muestrarios de las telas y las figuras que decoran los productos "Mer-Ger". El futuro de la marca es tan incierto como la relación entre Mercedes y Germán.

Hace trece años, cuando decidieron unir sus vidas y sus nombres para darle identidad al sueño realizado de tener un negocio propio, trabajaban en la misma mesa por el gusto de mantenerse cerca. Ahora Mercedes está frente a la máquina, al otro lado del taller, y Germán en el área de empaques, junto a la ventana desde donde puede mirar la calle. Esa breve distancia simboliza el deterioro de una relación convertida en trampa de la que ambos quieren salir.

Al cabo de los años también ha habido cambios entre el personal del taller. De los ocho fundadores sobreviven cuatro: Anselmo, Tobías, Esteban y Librado, a quien por su delgadez apodan La Parca. Cuando Mercedes y Germán salen a comprar material o a repartir la mercancía, los trabajadores se lamentan por no haber abandonado la empresa desde que empezó a dar señales de fracaso.

Todos culpan a sus patrones de la mala situación, juran que no se irán con las manos vacías cuando "Mer-Ger" termine de asfixiarse entre los productos chinos que los tienen sitiados, y se amargan pensando si cobrarán la raya de la semana.

Ese peligro los enmudece. En cuanto Mercedes y Germán regresan, en el taller vuelven a escucharse los rumores de las máquinas, las tijeras, las telas, los papeles y la música que sale de la radio sintonizada en la misma estación desde hace mucho tiempo. Como siempre que escucha su bolero predilecto, *Caminos de ayer*, La Parca dice entre suspiros y el humo del cigarro que cuelga de sus labios: "Ni siquiera recuerdos."

II

Don Celso, el voceador, se asoma por la ventana del taller: "¿Le dejo su periódico? Está muy bueno." Germán le responde sin levantar los ojos: "No. Ya me cansé de que todos saquen lo mismo: balaceras, asaltos, asesinatos, secuestros, levantones, decapitados, pleitos de políticos y promesas de que ahora sí van a librarnos de la pinche crisis."

Celso introduce un ejemplar del periódico a través de los barrotes: "Ahora trae lo de un tesoro que encontraron bajo el mar. ¿A poco no lo sabe? Anoche lo dijo Joaquín en las noticias." Mercedes aprovecha para descargar su rencor hacia Germán: "A menos que sea de viejas, éste no se entera de nada." La Parca desiste de encender otro cigarro y se lo pone en la oreja: "Yo escuché algo pero creí que era publicidad de una película. ¿De qué se trata, don Celso?"

Animado por el interés que despertó, don Celso entra en el taller: "De que hallaron en el mar un barco hundido con diecisiete toneladas de monedas de oro y plata. Híjole, nomás de imaginármelo se me hace agua la boca." "A *usté* lo que se le hace agua es la canoa".

Habituado a las bromas de Esteban, el voceador asienta el periódico en la mesa y golpea con el índice la fotografía que ilustra la noticia: "Allí están los cofres todos llenos de monedas."

Ante la imagen del hallazgo, los trabajadores parecen hechizados: "Tenían que ser extranjeros los que encontraron esa lana", dice Anselmo con su habitual inconformidad. "Lógico. Ellos son los que tienen para hacer las investigaciones y meterse en los naufragios", agrega Tobías. "¡Ya habló el sabelotodo!", murmura Anselmo fastidiado.

La Parca al fin enciende su cigarro: "Chingao: mientras aquellos sacan del mar toneladas de oro y plata nosotros ni siquiera logramos sacar el lirio acuático de Xochimilco." "Qué se me hace que usted es medio malinchista", deduce Esteban.

Mercedes aparta a los trabajadores, toma el periódico y lee en voz alta: "Hallan millonario tesoro en el Atlántico. Rescata compañía estadounidense cientos de miles de monedas de oro y plata." Anselmo la interrumpe: "¿No se lo dije? Fueron los gringos."

Germán le arrebata el diario a Mercedes y analiza la foto del hombre y la mujer que clasifican las cajas de monedas: "¿Estos van a quedarse con el tesoro?" "Pues si son ellos, no se ven como muy contentos, más bien parecen preocupadones."

Esteban se rasca la barbilla: "Lo comprendo: a como está la inseguridad, van a perseguirlos un montón de cabrones para bajarles la lana." Sacudido por un acceso de tos La Parca levanta la mano: "Aquí la cosa es saber si esas monedas sirven." En medio de las burlas se impone la voz de Germán: "¿Qué pregunta? ¡Claro que sirven! Son de oro y plata, no piedrólares."

La Parca se defiende: "Pero son monedas antiguas, señor, anti-guas." Mercedes sonríe conciliadora: "Ya entendí lo que La Parquita quiso decir..." "*Uta*, Parca, ¿desde cuándo tienes vocera?" Mercedes mira con severidad a Germán: "Por favor, déjame terminar ¿sí? Sus dudas me parecen muy lógicas. El dinero del tesoro no es de nuestros tiempos, así que no van a recibir esos tostones en las tiendas." "El dinero se acuña, no se hace", aclara Tobías sin que nadie le preste atención.

Anselmo se quita los lentes y los observa a contraluz: "Para eso están los bancos o las casas de bolsa. Además no sé si habrá alguna institución con tanta feria como para cambiarles diecisiete toneladas de oro y plata." Esteban levanta los hombros: "Los narcos... Ésos van a ser los ganones y si no, de mí se acuerdan." Mercedes se inclina sobre el hombro de Germán: "¿Y por qué los narcos?" Él le responde con una sonrisa displicente: "Gordita, eso hasta un niño lo sabe: porque ellos tienen todo el dinero del mundo."

Don Celso escucha un grito infantil: "Me busca mi nieto. ¿Les dejo el periódico?" Germán se mete la mano al bolsillo: "No traigo cambio. Mercedes, si tienes diez pesos págale." "Yo tampoco tengo, ¿o a poco crees que me encontré un tesoro?" "No se apuren, al rato paso y si no mañana me pagan." Celso corre hacia la puerta y enseguida vuelve a oírse su pregón: "Un inmenso tesoro fue encontrado…"

III

Es mediodía. Por primera vez en el taller no se escuchan la música ni el sonido de los motores. Todos observan a Germán, quien por segunda ocasión lee la noticia: "La compañía se negó a revelar el sitio del hallazgo, el nombre del barco hundido o el año del naufragio porque aún no están seguros de cuál es. Sólo precisó que el tesoro fue recuperado en el Océano Atlántico…"

Germán no disimula su impaciencia cuando lo interrumpe Mercedes: "¿Dónde queda eso? El Atlántico." "Es un océano", le informa Tobías. "Ya lo oí. ¿Dónde está?" Espera una respuesta pero sólo oye la indicación de La Parca: "Luego lo estudia. Ahorita deje que Germán siga leyendo."

Mercedes va a sentarse al lado de su esposo. Le gusta ver de reojo el periódico que él tiene entre las manos tal como lo hacía, antes de que se casaran, cuando se encontraban de casualidad en el microbús y él iba leyendo el *Ovaciones*. "El naufragio está hundido a cien metros de profundidad, distante sesenta y cuatro kilómetros de…" "¿Dónde?", lo presiona Anselmo. "¡Qué prisa! ¿Piensas ir a buscarlo o qué?" "No, sólo quiero saberlo. A ver, présteme el periódico. Aquí dice que en Land's End, la parte más occidental de Inglaterra."

18

Todos se miran desconcertados y Mercedes pide una aclaración: "Ay Anselmo, eso está medio reborujado, ¿no se le hace? O ¿usté qué opina, Tobías?" "Pues que lo explican así precisamente por seguridad, si no al rato medio mundo querrá ir a meter mano."

Germán recupera el periódico y continúa la lectura. Cuando termina dobla el diario y lo deja sobre la mesa: "Con estas cosas como que se queda uno pensando." Mercedes le toca el brazo: "¿En qué?" Él la mira con cierta ternura: "Pues en lo que haría uno, que no tiene un centavo, con tanto dinero. Yo no sé..."

Anselmo toma la botella de refresco y lo agita para sacarle el gas: "Pues yo sí: por lo pronto cubrir todas mis deudas y luego, ya bien tranquilo, me iría por el mundo para volver a mi tierra sólo para morirme." "¿Y usted, Esteban?" El hombre se mete las manos en los bolsillos: "Poner un negocio grandísimo de pura computación, y con mis ganancias dedicarme a estudiar idiomas. Tobías: ¿qué nos dice?" "¿Para qué pienso en eso? Mejor que se lo diga Librado."

La Parca se vuelve hacia la repisa donde está la radio: "Llamaría a los científicos más chingones del mundo para que con todos sus conocimientos me regresaran a 1953. En ese año nací. Quién quite y en un segundo *chance* me toca una vida distinta. Me conformo con que sea un poquito mejor." Estira la mano, gira el botón de la radio y sonríe al escuchar *Caminos de ayer.*

El muro

I

NO ME PREGUNTES POR QUÉ, PERO A ÚLTIMAS FECHAS SE ME ha metido en la cabeza que la distancia entre mi casa y el bordo ha crecido, que la valla es más alta cada domingo. Una noche en sueños la vi alargarse hasta chocar con el cielo. Entonces se oyó un golpazo, como si alguien hubiera cerrado con mucha fuerza una caja metálica. Lo más horrible fue que Bernardo y yo quedamos presos en aquella trampa. Estirábamos los brazos pero no alcanzábamos a tocarnos; abríamos la boca pero no le salían palabras. Éramos como dos peces fuera del agua luchando para no asfixiarse. Fue algo tan espantoso que el temor de soñar otra vez lo mismo me mantiene desvelada.

¿Te imaginas lo que sería de Bernardo y de mí si ya ni siquiera pudiéramos hablar? Yo le cuento mi vida de este lado del bordo y él la suya. Al final juntamos los relatos como si fueran partes de un rompecabezas. Nunca se ensamblan bien. Aunque no lo queramos, en la plática salen cositas que son como rebabas en una figura de metal. Por ejemplo, los horarios, los sabores, las personas a las que tratamos. No conozco a sus amigos. Si Bernardo habla de una fulana enseguida le pregunto quién es, en dónde la conoció, qué edad tiene, si es joven y soltera, delgada, bonita.

Sucede lo mismo cuando le menciono a mi esposo un nombre desconocido. De inmediato se pone a interrogarme como si fuera

21

un policía. Mientras le respondo no deja de mirarme, de olfatearme para comprobar que en mi ropa o en mi cabello no hay un olor distinto al que me dejó desde hace tanto tiempo.

II

Ciertas personas lo obsesionan. Tú, por ejemplo. La primera vez que le hablé de ti me preguntó de dónde te conocía. Le dije que acababas de entrar en la fábrica y que habíamos coincidido en la fonda donde almorzamos los del primer turno. Se me hizo un nudo en la garganta cuando me dijo: "Ese buey es más afortunado que yo: está cerca de ti, come contigo, se sienta junto a ti sin que una maldita valla los separe. Yo, en cambio, lo más que puedo hacer es verte a pedacitos, por entre los barrotes, y tocarte la mano."

Desde entonces, como no queriendo la cosa, cada domingo me preguntaba por ti, si te había visto, de qué platicamos, qué onda... Al fin decidí mentirle: le dije que te cambiaron a la armadora de Guanajuato y no he vuelto a tener noticias tuyas. Ya sé que no hay nada de malo en que de vez en cuando platiquemos, pero no quiero que Bernardo sufra imaginándose cosas.

Ahora que te lo digo me doy cuenta de lo duro que sería para mí no tener con quién desahogarme. Palabra que no comprendo por qué siento tanta confianza hacia ti. Muchas veces te hablo de lo que no le menciono a nadie, ni siquiera a Bernardo. Espero que no me juzgues mal por eso.

Luego pienso que a lo mejor él también hace lo mismo: le cuenta sus problemas a una de sus amigas. Por su trabajo en la cafetería, tiene muchas: Rossy, Alicia, Débora, Susan. ¿A cuál de todas ellas le contará Bernardo lo que no me dice a mí? ¿Con cuál va al cine? ¿A cuál le confesó que estaba preocupado porque le mencioné tu nombre?

Todo sería muy diferente si Bernardo y yo hubiéramos tenido un hijo: el niño uniría las dos partes en que está fragmentada nuestra vida. ¿Crees que tengo razón? Mi hermana Delia dice que no. Ella tiene cuatro hijos pero su marido se le hizo ojo de hormiga cuando nació el último.

III

Perdóname: nunca te dejo hablar. ¿Te gustaría ser papá? En serio, ¿nunca lo has pensado? Pues como que ya es hora, ¿no? Porque a ver, dime, ¿qué edad tienes? Te calculaba menos... No digo que seas viejo, la cosa es que eres tragaños. ¡Qué suerte tienen los calvos cuando les nace un pelo! ¿Qué te da tanta risa? ¿El refrán? ¿A poco de veras no lo habías oído?

Bernardo me enseñó ese dicho. Llevaba ocho meses sin trabajo y estaba pensando en irse a los Estados Unidos. Más o menos por esa época regresó de Oregon su primo Jacinto. Seguido iba a visitarnos. Un domingo tomaron unas cervezas. En la plática Jacinto le dijo a Bernardo que él podía llevarlo a Portland y hasta se ofreció a prestarle un dinerito para que se las arreglara mientras encontraba trabajo allá.

Hablaban como si Bernardo no estuviera casado. Le dije que no me parecía que se fuera y le reclamé a su primo que anduviese sonsacando a mi marido. En vez de disculparse, Jacinto se puso a pintarme un panorama muy bonito: "No seas tonta, no hagas que Bernardo desaproveche esta oportunidad. Déjalo ir. Te aseguro que a más tardar en un año manda por ti. Agarrándole el modo, la vida allá no es difícil y no necesitas saber inglés porque casi todo el mundo habla español. Ahora, si lo que te preocupa es la comida ¡olvídalo! En todas partes encuentras chiles, frijoles, mole y hasta tortillas, por cierto mucho mejores que las que venden acá."

IV

Jacinto se llevó a Bernardo a Oregon y le consiguió trabajo de albañil. Mi esposo me hablaba muy de vez en cuando, por temor a la migra y me contaba que la chamba era muy dura, que en cuanto pudiera se iba para otra ciudad. Anduvo de aquí para allá, como en un revolcadero, hasta que llegó a Arizona. Desde allí me hablaba más seguido. Aunque no la mencionara sentía su desesperación, su soledad, y decidí venirme al norte. Conseguí trabajo limpiando casas pero todavía no logro cruzar la frontera.

Yo vivo del lado mexicano y Bernardo del otro. Es difícil creer que estemos tan cerca y tan lejos gracias a la valla. Le digo a mi esposo que la aborrezco, él la bendice porque aquí no es de una sola pieza sino que está hecha de barrotes. Aunque se hallan muy juntos, hay espacio suficiente para que podamos tocarnos las manos.

Cuando él alarga el brazo para tomar un bocadito del almuerzo que le llevo cada domingo casi llora de la emoción porque siente que algo de él —aunque sólo sea una parte de su cuerpo— logró volver a su país. Hace cinco años que no lo pisa. Comprendo cuánto lo extraña cuando agarra un puñito de tierra y se pone a acariciarla como si fuera oro en polvo.

Algo muy parecido me ocurre cuando meto la mano por entre los barrotes y tomo la suya. Entonces siento que ya lo alcancé, que ya crucé la frontera, aunque sólo lo haya conseguido una parte de mí.

Tenemos un arreglo para el momento de la despedida: ni él se queda mirándome mientras me alejo ni yo tampoco. Me cuesta mucho trabajo no regresar y verlo por entre los barrotes. Para darme fuerzas pienso en que podré desahogarme contigo, hablarte de las cosas que no puedo decirle a Bernardo porque no quiero dificultarle más la vida.

A veces pienso que a él le sucede lo mismo y que se da valor para alejarse pensando en que hablará con Alicia o con Débora o con Susan y le dirá nuestras cosas.

Los papeles de Mini

I

LAS PERSONAS INTERESADAS EN ALQUILAR UN DEPARTAMENTO lo primero que hacen es pedirme que se los muestre. Me extrañó que Daniel Conde sólo preguntara por la renta: 700 pesos. Cuando lo apuntó en una tarjeta y le vi la argolla de matrimonio, sospeché que andaba buscando un sitio en dónde meterse con algún *amorcito*. Imaginé una esposa envejecida, luchando por ahorrarle el dinero, y a unos hijos faltos de todo mientras él se daba sus lujos.

Eso aumentó la antipatía que desde el primer momento sentí hacia Daniel. Me propuse desanimarlo: "¿No quiere ver el departamento? Es muy chico. Tiene una sola recámara, cocina, baño y una salita donde caben muy pocos muebles." Daniel insistió: "¿Cuánto renta?" Se lo repetí y no me sorprendió que me pidiera una rebaja: "¿Es lo menos?"

Pensé otra vez en su *amorcito* y me enterqué en desilusionarlo: "Sí. La verdad, no me parece caro. Si no ha aumentado el alquiler es porque el edificio no tiene elevador. Desde que compusieron el centro las rentas han subido muchísimo. No lo engaño, vaya a otros lugares y compruébelo por usted mismo, tal vez hasta encuentre algo más amplio. Comprendo que el departamento resulte incómodo para una familia. Además, tampoco tiene jaula para tender la ropa." Daniel levantó los hombros: "Eso es lo de menos. No creo que Mini vaya a necesitarla. Mandará su ropa a la lavandería. ¿Hay alguna cerca?"

Me reí al saber que el *amorcito* de Daniel se llamaba como la tienda que abrieron a dos cuadras: "Mini". Él interpretó mi risa como una muestra de interés y se volvió comunicativo: "Se llama Minerva pero le digo Mini de cariño. Le caerá bien. No se mete con nadie, es muy tranquila y tiene un sentido del humor que me fascina." Daniel estaba decidido a cerrar el trato. Tenía todo el derecho de hacerlo y eso me irritó aun más.

Para desquitarme seguí poniéndole trabas: "Aquí hay familias con cantidad de niños. Ya sabe cómo son: gritan, chillan, se pelean, juegan futbol. Se lo advierto para que luego no vaya a salirme con que quiere rescindir el contrato. Es, mínimo, de un año. Si no tiene fiador deberá pagar tres meses de adelanto."

Daniel me descubrió: "¿Hay otro candidato para el departamento? No la veo con muchas ganas de rentármelo." Le aclaré que el edificio no era de mi propiedad, que tenía un administrador y le di sus señas para que se pusiera en contacto con él. Se fue sin darme las gracias. Pensé que la calentura estaba fuerte y ya le urgía tener en dónde meterse con la dichosa Mini.

El nombre me hizo imaginarla como una mujer alta, delgada, rubia falsa, perezosa y gritona a la hora de la hora. Juré que ni por todo el oro del mundo me prestaría a hacerle sus encargos. De seguro me lo iba a pedir: bajar diez tramos de escalera es cansado, pero subirlos está en chino.

II

El día en que Daniel trajo a Mini quedé tan sorprendida que ni siquiera pude contestarle el saludo. Más tarde, cuando fui a entregarle sus llaves del zaguán y la encontré solita, me disculpé por mi falta de amabilidad. Terminé contándole cómo me la había imaginado y el tipo de relación que, según yo, llevaba con Daniel.

Mini suspiró aliviada: "Qué bueno que me lo aclaras porque cuando vi que no me respondías y sólo me mirabas de una manera tan rara pensé: 'A esta señora también le caigo mal'. No te mortifiques. En tu lugar me habría quedado tan asombrada como tú: esperabas que tu nueva inquilina fuera la amante de Daniel y te encontraste con que soy su abuela. De milagro no te dio un patatús."

Nos reímos mucho y le pregunté cuántos nietos tenía: "Siete. Daniel es el mayor y el único que se ocupa de mí. Los otros me hubieran arrumbado en un asilo; en cambio Dany me buscó este departamento aunque vaya a pagarlo con su dinero. Lo único malo son las escaleras pero no voy a ponerme de remilgosa porque sería una malagradecida. Además, no necesito salir mucho: los domingos, después de la misa, puedo hacer mi mandado. Dany prometió sacarme a pasear cada quince días. No puede venir más por su trabajo y porque vive hasta Izcalli."

Mini estaba convencida de que su nieto era el hombre más generoso del mundo. En cambio yo seguí desconfiando de Daniel: no entendía que un hombre con experiencia le hubiera alquilado a su abuela de 86 años un departamento en un quinto piso, a menos que quisiera aislarla del mundo y dejarla morir sola.

III

De todo lo que me imaginé acerca de Mini sólo acerté en una cosa: es gritona. Se pasa todo el tiempo asomada a la ventana y desde allí saluda a los inquilinos, les pregunta adónde van, qué compraron, qué hicieron en la calle. Al principio le contestaban pero ya no porque temen que les haga plática. Nadie tiene tiempo para eso, y menos yo.

Antes, aunque estuviera muy ocupada, procuraba responderle, decirle alguna cosa para animarla. Pero luego me aburrí de sus gritos y de los míos hasta que di con el remedio: "Mini, estuve pensando que no debe gritarme tan fuerte porque se pondrá ronca y cuando venga Daniel por usted, si la encuentra malita no la llevará a pasear."

Desde que instaló a su abuela en el quinto piso, en dos años Daniel ha venido apenas media docena de veces y sólo una sacó a Mini: la llevó al banco para hacer unos trámites. "¿Cuáles?", le pregunté cuando subí a entregarle su ropa. "De esas cosas nunca supe ni jota y menos ahora. Sólo firmé. Le doy muchas gracias a Dios de que me haya conservado la buena letra. La señorita que nos atendió en el banco estaba maravillada de que pudiera escribir mi nombre tan bien. Daniel se sintió muy orgulloso y me besó las manos. Mis manos de vieja, temblorosas, deformes, llenas de manchas que hasta a mí me dan asco, mi nieto las besó."

IV

Mini creyó que iba a ser muy fácil salir los domingos y aprovechar para hacer sus compras. Pero desde que se perdió no ha vuelto a hacerlo, así que ya para todo depende de su nieto. Antes siquiera venía a dejarle su despensa cada semana, ahora se la manda en un taxi. Yo la recibo y subo a acomodar las cosas. Cuando veo lo que el dichoso Dany le manda a su abuela —un jabón, un rollo de papel sanitario, arroz, frijol, huevos, un frasco de aceite, una que otra latita sin marca, naranjas, plátanos— me pregunto qué le habrá hecho firmar el desgraciado.

Por el temor de que Daniel no la saque a pasear si la encuentra ronca Mini casi ya no grita. Ahora se comunica con nosotros, más bien dicho conmigo porque soy la única que le hace caso, mediante recados que arroja desde su ventana. Lo hace a todas horas, inclusive por la noche.

Durante el día llueven papelitos. Tardan mucho en caer del quinto piso al patio. Como sé que Mini me está observando los recojo y los leo: "Me gustaría tener una maceta en la ventana. ¿Qué le parece?" "No he podido bañarme. El agua sale fría. ¿No me compró mi gas?" "Cuando venga Dany a visitarme le pediré un teléfono celular para que me diga si va a venir y no me deje esperándolo."

Le respondo a gritos lo que imagino que ella quiere oír: "Una planta se daría muy bien en su ventana porque le pega mucho sol." "No han venido los del gas pero seguro ya no tardan." "Es buena idea lo del celular. Dígaselo a su nieto."

Por las mañanas cuando me levanto encuentro el patio como si hubiera granizado: blanco de papeles. Preferiría no leerlos porque casi todos los mensajes son tristes y me asustan: muestran lo horrible que es la vejez para alguien tan pobre y tan sola como Mini. Si estuviera enferma pienso que su familia se apiadaría de ella; pero como es muy sana, la han abandonado. Dios me lo perdone pero terminarán por olvidarla como si fuera un suéter o un paraguas inservibles.

No creo que a Mini le reste mucho tiempo de vida. El día en que ella muera, cosa que sentiré mucho, Daniel tendrá que venir. Y si no lo hace, el administrador se encargará de traerlo para que cubra los gastos del entierro.

No anhelo ese día pero cuando por desgracia llegue voy a entregarle a Daniel un regalito: los recados que su abuela ha estado escribiendo desde que él dejó de visitarla. Quiero estar presente para ver la cara del imbécil cuando lea el menos triste de los mensajes que tiró Mini desde su ventana: "Soñé que estaba muerta. ¡Al fin conocí la felicidad!"

El perro de Erick

PREGUNTO POR SUS NOMBRES. A LA VELOCIDAD CON QUE INTER-
cambian sus silbidos de alerta, los jóvenes cruzan miradas, sonrisas
que apenas alteran la expresión de los rostros. En ese conciliábulo
privado están decidiendo si deben responderme y si en el momento
de hacerlo dirán la verdad.

El muchacho acuclillado contra la pared juega con su escapulario
de la Santa Muerte. Me sonríe, saca la lengua adornada con una
esfera metálica y enseguida la retrae con rapidez viperina. Escucho
a mis espaldas las risas de sus compañeros. Los satisface verme
sorprendida, sitiada en sus terrenos: la casa interminable de dos
pisos donde se refugian cuando deciden huir de la calle, hacerse el
propósito o las ilusiones de que no volverán a deambular sin rumbo,
a dormir en alcantarillas, quicios y terminales, a entrarle al pomo,
la yerba, las tachas, la mona, la piedra, el polvo: lo que sea, con tal
de mitigar el hambre, el frío, los recuerdos.

El muchacho de la lengua torturada responde: "Me llamo
Erick." Los rumores y las risas prueban lo que sospecho: miente.
"¿Tu padre se llamaba así?" Parpadea y sacude la cabeza: "No. Mi
perro. Me pasaba un resto." Silencio total, agobiante. Lo rompo
con un comentario estúpido, el único que se me ocurre: "Erick es
un nombre muy bonito."

El muchacho se rasca las axilas y tuerce los labios: "Es mejor
que Alfonso. En la casa mi jefa me decía Poncho." Su compañero

31

murmura: "Poncho a tu madre" y da un salto para esquivar el puñetazo que Erick le dispara con una velocidad sorprendente: "Cállate, Ulises, si no quieres que te rompa la jeta." Ulises se estremece: "Mira cómo tiemblo que hasta parezco gelatina."

Vuelvo a oír las risas violentas, desarticuladas, histéricas. Una adolescente con el pelo bicolor y boina miliciana se acerca y me habla al oído: "Pregúntele qué sucedió con su perro." Me vuelvo al resto de los jóvenes y los consulto con la mirada. Sonríen en silencio, levantan los hombros, gesticulan.

Me intriga la historia del perro y le pregunto a Erick qué ocurrió con el animal. No me responde; mira rencoroso a la joven de pelo morado y después le sonríe: "Pinche Márgara: ¿a poco yo me meto con tus cosas?" Margarita lo ignora pero se pone en guardia, lista para repeler una agresión más fuerte.

Las tensiones se diluyen cuando aparece un muchacho con abrigo largo, lleno de botones y cadenas que cuelgan desde las charreteras hasta los bolsillos. Lo saludan al mismo tiempo: "¡Guajiro!" "¿A poco no parece general?", me pregunta Ulises. "Si vas a chingar me voy", advierte el recién llegado y da media vuelta rumbo al pasillo.

Margarita se acomoda la boina, ordena los mechones que cubren las cicatrices en su mejilla y golpea la banca a su lado: "Ya, Guajiro, no la hagas de tos y siéntate para que oigas al Erick: iba a contarnos la historia de su perro."

"¡Otra vez!", exclama El Guajiro y se acomoda cerca de Margarita. Oigo aplausos, trompetillas y silbidos que reproducen deformados compases de la *Marcha Nupcial*. El menor del grupo me grita desde el escritorio donde está sentado: "Seño: esos andan juntos." El Guajiro protesta: "¡Mono hablador! En vez de inventar habías de pararle al tíner porque cada día estás más loco."

El niño salta del escritorio y reta a su agresor: "¿Y tú por qué me das órdenes? Ni que fueras mi padre." El Guajiro, consciente de ser dueño de la situación, desencadena un coro acompañado de palmas: "¡Quiere llorar, quiere llorar!" Ulises protesta contra la burla: "¡Ya déjenlo!", y le hace una señal al Mono: "Vente, vámonos." Alguien exclama: "¡Putos!"

El coro se fortalece. Empujándose, tropezando con las sillas, los otros integrantes del grupo abandonan el salón y se acodan en el barandal para ver a Ulises y al Mono bajar las escaleras a saltos. Escucho de nuevo la voz anónima: "Van purgados" y luego el coro: "Uleros, uleros..." El golpe de la reja principal resuena como un estallido al que siguen unos segundos de silencio.

El Guajiro es el primero en volver al salón. Lo siguen Margarita y después el resto de niños y jóvenes albergados en la Casa de Asistencia Social. Como si un director de escena les diera indicaciones, ocupan sus mismos lugares. Hay dos sillas vacías, sin embargo Erick vuelve a acuclillarse contra la pared marcada con iniciales, graffiti, signos que pertenecen a una extraña escritura: alguien me dice que marcan el camino de la droga.

Nadie habla. No sé cómo interpretar el silencio, pero me siento excluida también de él. El Guajiro echa la cabeza hacia atrás y estira las piernas enfundadas hasta las rodillas en botas militares. Margarita le rasca la cabeza: "¿A poco ya te vas a cuajar?" Él ronronea: "Nel: estoy pensando." "¡Milagro!", comenta Margarita con ternura mal disimulada y agrega: "¿En qué?"

El Guajiro entrechoca las puntas de sus botas: "En El Mono. Anda peor de perdido que nosotros y nomás tiene once años. A lo mejor hasta es más chico, pero como muñequea bien duro se ve grande. Ojalá y no acabe como su hermano: lo machucó el tren, allá por Cuitláhuac, parecía una bola de sangre tiesa. Jalamos los pedazos hasta la banqueta y allí se quedó."

"Como mi perro", dice Erick. "¿La neta que sí?", pregunta una niña de vientre abultado por el embarazo. Margarita se impacienta con ella: "Ay qué mensa eres, Rocío: nos lo ha contado mil veces." "Pero a mí no, tengo bien poquito de venir." El Guajiro abre un ojo y cambia de posición: "Chío, dile a la Márgara que si vuelve a molestarte no vas a regalarle a tu niño."

Me sorprenden la naturalidad y la indiferencia del Guajiro. A Rocío, en cambio, no parecen inquietarla. "¿Cuándo nacerá tu bebé?" Me mira somnolienta: "No sé." Se oye de nuevo la voz anónima: "Ni siquiera sabe quién se la tronó." Me dirijo a Margarita: "¿En serio, le pediste a su hijo?" "Ella no lo quiere. Y de que vaya a tirarlo por allí a que me lo regale, pues mejor que me lo entregue, así tendré compañía." Procuro inventarle un futuro: "¿Y cuando te cases y tengas tus hijos...?"

Margarita se revuelve como si le hubieran caído gotas de ácido y hace cuernos con las dos manos: "¡Guácala! No pienso casarme ni tener hijos. Si por mí fuera yo tampoco hubiera nacido." Greta, sentada a mis espaldas, me toca el hombro para que me vuelva a mirarla: "Márgara no puede ser mamá: su padrastro le metió un fierro." Margarita se escandaliza: "¿Qué te pasa, loca? No inventes: sólo me pegó y bien fuerte. Todavía tengo las cicatrices". Se baja la pretina de la minifalda estrechísima pero no me atrevo a mirar. Mi actitud la hace reír: "No se apure, ya nomás me duele cuando me acuerdo. Estuvo bien grueso. Me salí de mi casa sangrando..."

Erick la interrumpe: "Como mi perro, pero a ti nadie fue a buscarte. Yo me jalé con él, sin importarme lo que decía mi jefa: 'Poncho: si no vuelves ahorita mismo, ya no regreses porque ni creas que te voy a recibir. ¡Huevón, mantenido igual que tu padre!' No sé cómo se le ocurrió que yo tenía ganas de volver junto a ella para que siguiera madreándome."

"Se siente bien feo y más que nadie lo defienda a uno", comenta Rocío. Erick se aviva: "Eso a ti; a mí siempre me defendió mi perro. Me *cái* que ladraba como un diablo cada que mi jefa me surtía. La última vez, al oírlo, ella se volvió loca: amarró al Erick con el mecate del tendedero y se puso a chingarlo con un picahielo. Me fui a la cocina por un cuchillo y la amenacé con matarla. ¡Qué broncón! Mi pinche madre salió a la puerta y se puso a dar de gritos: 'Ayúdenme, socorro, mi hijo quiere matarme'. ¡Mi hijo! Si nunca me decía así, nomás: 'Poncho huevón, Poncho bueno para nada'."

La voz anónima le exige continuar: "Ya no le hagas tanto al cuento y dinos de una vez qué hiciste." Veo la expresión satisfecha de Erick: "Corté el mecate, agarré al Erick y me escapé a la carrera, sin fijarme en las advertencias de mi jefa: 'Si no vuelves ahorita mismo...'"

"¿Y hasta dónde llegaste o qué?", pregunta Rocío con la curiosidad de una niña. Erick resuella: "Ni sé. Nomás anduve así, de un lado para otro, cargando a mi perro." "¿Lo curaste?" "Le froté orines. Yo me los ponía para cerrar los verdugones que me dejaba mi puta madre. Pensé que al Erick iban a hacerle bien, pero no... Casi luego luego se murió bien gacho: primero le entró un telele y después se quedó tieso, con las patas para arriba." "¿Y qué hiciste con él?" "Lo dejé allí y fui a sentarme a la banqueta de enfrente, hasta que llegaron los de la basura y lo echaron encima de los desperdicios que llevaban en el camión. Yo me quedé quieto hasta que ya no vi sus patas."

La voz de Erick tiembla. El Guajiro se incorpora en su silla: "¿Pa' qué sufres? Consíguete otro perro. En las calles hay un chingo." Erick se echa hacia atrás y juega a darse golpecitos en la cabeza contra la pared: "Sí, pero ninguno sería como él. ¡Caray!, nomás con que le dijera su nombre ¡saltaba de gusto!"

Margarita me guiña un ojo y truena los dedos: "Erick, perrito, ven, ven..." Su compañero entra en el juego: se pone en cuatro patas, salta, se tira de espaldas, levanta los brazos y las piernas y ríe.

Siempre recordaré la risa de Erick como el llanto más triste.

El jardín de las mimosas

I

DURANTE TODO EL VIAJE EL TAXISTA SE EMPEÑÓ EN DEMOS-
trarme su conocimiento de barrios y colonias. En su mapa mental
había diseñado rutas, horarios, límites que garantizaban su seguridad
y la de sus clientes.

—Si usted me hubiera pedido que la llevara a La Marranera o a
La Olla ni por todo el oro del mundo lo habría hecho. Es muy peligroso y ¡para qué le busco! Antes no era así: uno andaba por todas
partes y a cualquier hora. La ciudad se ha descompuesto mucho y
la gente todavía más. —El chofer aspiró con fuerza: —¿No le llega
un olorcito medio raro? Seguro que es el cloch. Voy a orillarme.

—¿Y entonces..?

—Pues con mucha pena tendré que dejarla aquí. Lo bueno es
que la calle de Pirules no está lejos: queda del otro lado de la plaza
cívica. —Soltó una carcajada irónica: —El patio de mi cantón está
mejor que la dichosa plaza: un vil cuadrado de cemento con un
quiosco que es basurero y dormitorio de drogadictos.

—Exactamente ¿dónde queda la plaza? La otra vez que anduve
por aquí no vi ninguna.

—¿Cuánto hace que vino?

—Como dos años.

—¡Con razón! La inauguraron en septiembre pasado. ¿Recuerda que para llegar a Pirules atravesó por un jardín muy bonito?

—Sí, cómo no. Estaba lleno de mimosas.

—Pues ya no lo va a encontrar porque allí merito construyeron la dizque plaza cívica. ¿Se imagina cuántos árboles talaron para hacer esa porquería? Y todo a fin de que el presidente municipal, antes del cambio de administración, se las diera de que hacía mucha obra pública.

El taxista era un buen conversador pero yo tenía prisa: Máxima me esperaba.

—¿Cuánto le debo? —El hombre señaló hacia el taxímetro y saqué mi cartera: —Ojalá le arreglen pronto su taxi.

II

Ayer visité a Máxima por segunda ocasión. En agosto de 2005, durante nuestro primer encuentro, después de que me presentó a Eréndira y recorrimos la casita que compartían, nos fuimos al jardín para conversar bajo la sombra de los árboles. El tono amarillo de las mimosas correspondía al entusiasmo con que Máxima iba poniéndome al tanto de su nueva vida. Lo único malo era que extrañaba a sus clientas y sus recorridos de un lado a otro.

Cuando nos despedimos le pregunté si no echaba de menos su casa, el bullicio de Artículo 123. Reconoció que le hacía falta la animación de sus viejos rumbos, pero a cambio disfrutaba de una ventaja: el jardín de las mimosas. El solo hecho de mirarlo desde la miscelánea le hacía llevadera la rutina del trabajo y alimentaba su esperanza de que muy pronto la colonia se hiciera digna de su nombre: La Arboleda. Mientras atravesaba la plaza cívica, pensé en lo que sentiría Máxima al ver *su* jardín sepultado bajo una plancha de cemento gris.

El panorama era el mismo que había visto año y medio antes: hileras de casas a medio hacer, talleres y comercios improvisados, basureros al aire libre, carrocerías que salpicaban las faldas de los cerros transformadas en calles. Sin el esplendor del jardín de las mimosas todo aquello me pareció mucho más desolado.

III

La plaza estaba desierta. En el quiosco dos perros flacos jugueteaban sobre un montón de trapos, envases de plástico y papeles sucios. Sentí alivio cuando aparecieron dos mujeres cargadas con las bolsas del mandado. Iban de prisa, pero alcancé a escuchar lo que dijo una de ellas: "Mi nieto ya no es un bebé. Estamos en el 2007."

Me pareció increíble que hubiera transcurrido año y medio desde la tarde en que Máxima y yo conversamos en el jardín de las mimosas y dos años desde que ella había renunciado a su oficio.

Lo ejercía a domicilio en varias colonias. Máxima llegaba a mi casa el primer lunes de cada mes. Desde las once de la mañana hasta las cinco de la tarde, inclinada sobre la vieja máquina *Singer*, pegaba cierres, botones y hacía toda clase de composturas.

Con el tiempo Máxima se convirtió en una especie de parienta lejana, de esas que reaparecen sólo en circunstancias especiales: bodas, bautizos, graduaciones, velorios. Durante todos los años que trabajó conmigo, por más que le insistí, nunca aceptó compartir la mesa con nosotros.

Cuando había pocos arreglos que hacer me cobraba menos aunque permaneciera las mismas horas junto a la *Singer*. El mueble era su adoración. Al término de su trabajo lo enceraba y lo cubría con una carpeta hecha de retazos como si quisiera protegerlo de todo contacto ajeno al de sus manos.

Algunas de sus clientas eran mis conocidas. Cuando Máxima decidió abandonar su oficio ellas lo resintieron tanto como yo: "¡Lástima! Hacía unas composturas divinas." "Siempre tan bien hecha." Al final coincidíamos en agregar a esas cualidades otras dos, invaluables: su honradez y su discreción.

IV

Máxima era pequeña. La nariz puntiaguda y los labios apretados le daban aspecto de ave. El cabello crespo enmarcaba su cara en la que lo más notable era el brillo de sus ojos sombreados por largas pestañas. Cuando se las elogiaba me decía: "Ya no las tengo tan bonitas como cuando era joven. Con decirle que entonces era capaz de sostener en ellas un cigarro." Aún no puedo imaginarme en qué circunstancias o por qué razones se habrá sometido a una prueba tan inútil que parecía enorgullecerla más que sus habilidades de costurera.

Máxima nunca hablaba de su vida ni de su familia. Me enteré de la existencia de su tía la tarde en que me informó su decisión de abandonar la costura para volverse ayudante de Eréndira. "Mi tía ya está grande. Necesita alguien que la auxilie en su miscelánea porque, gracias a Dios, tiene bastante clientela."

Le pregunté si estaba segura de su decisión y sólo mencionó las ventajas del cambio: ya no tendría que ir de un sitio a otro ni padecer los fuertes dolores de espalda causados por tantos años de estar inclinada sobre la máquina. Además, como huésped de Eréndira, iba a ahorrarse el alquiler por los dos cuartos que rentaba en un edificio de Artículo 123.

Máxima no había considerado que su nueva vida implicaba el sacrificio de su independencia. No mencioné el tema, pero le aseguré que, en caso de que cambiara de opinión, *su* máquina estaría esperándola. Prometió mantenerse en contacto por teléfono y me pidió que la visitara ya que ella, esclavizada por el comercio, no podría hacerlo: *La Deliciosa* funcionaba toda la semana.

VI

Máxima tardó en encontrar las llaves del candado con que aseguraba la reja tendida de un extremo a otro de la miscelánea. De inmediato advertí otros cambios: anaqueles semivacíos, alteros de huacales y cajas ocupaban el lugar donde antes encontré canastos repletos de verduras y frutas de temporada. Del refrigerador emanaba un desagradable tufo a moho. Una cartulina fosforescente invadía una imagen de la Virgen de Guadalupe: "Se vende barbacoa los domingos."

En cuanto Máxima logró salir de lo que ella misma llamó "su jaula" y se acercó para saludarme percibí cierto abandono en su persona. En tono lastimoso me recriminó que hubiera tardado tanto en volver a visitarla y me ofreció un banquito de plástico: "¿No le importa que nos quedemos aquí? Mi tía está enferma y no quiero dejarla sola, además ya habrá visto que *mi* jardín desapareció. Ya no tenemos otra parte a dónde ir."

Le pregunté de qué estaba enferma Eréndira. "El médico nos dijo que era la presión, para mí que tiene otra cosa: preocupaciones. El negocio anda muy mal. Hemos perdido clientela y la poquita que nos queda compra cada día menos. Los marchantes que antes se llevaban un kilito de huevo ahora piden media docena de blanquillos; quienes ordenaban una caja de arroz o un paquete de fideo ya nada más piden sopas *Maruchan*: con un poco de agua hirviendo quedan listas y no hay que consumir tanto gas. Lo que nos sostiene es la venta de cerveza y de barbacoa los domingos. No es gran cosa: compro un pedazo de borrego en el tianguis, medio que lo sazono, lo meto en la olla express y ¡vámonos!"

Ante el panorama no pude menos que preguntarle si había considerado la posibilidad de retomar su antiguo oficio: "No. Ya no tengo fuerzas para ir de un lado a otro y me daría miedo andar tanto en la calle. Aquí en *mi jaula* por lo menos me siento segura. Además, mi tía no tiene más familia que yo. Qué tal que se muere y un desconocido viene a aprovecharse. Por eso, mejor me aguanto." No quise profundizar en el comentario.

Durante el breve tiempo de mi visita ningún cliente interrumpió nuestra conversación. Apresuré la despedida, prometí volver pronto y ordené un taxi por teléfono. Rumbo a la calzada, al pasar frente a la plaza cívica, sentí dolor de imaginarme a Máxima sola, enrejada en medio de la aridez brutal, viendo transcurrir su vida sin tener siquiera la dicha de mirar un jardín repleto de mimosas.

Plaza del Carmen

I

TODOS LOS CAMINOS LLEVAN A ROMA, TODOS LOS RÍOS SE ahogan en el mar, todos las miserias mexicanas fluyen hacia la Plaza del Carmen: un rectángulo perfecto que tiene algo de puerto y de panteón.

Para encontrarla es necesario recorrer un laberinto de calles. Despojadas de sus fisonomías originales y corrompidas por el desorden, se han trasformado en campos de batalla donde cada mañana los mercaderes levantan sus campamentos de plástico y se disponen a luchar contra el enemigo implacable: la miseria.

Los heraldos que anuncian el comienzo de las hostilidades son cumbias y raeguetones que resuenan hasta en los campanarios; la estrategia elemental se basa en las leyes de la supervivencia; las armas son endebles mercancías desechables. La táctica de los combatientes consiste en pregonar más fuerte; su objetivo: resistir en las trincheras desarmables; su recompensa anhelada: alcanzar el futuro que comienza hoy y puede fundirse mañana.

II

En esas calles, como en todos los campos de batalla, hay ruinas, muertos, heridos, enfermos, viudas, huérfanos, dementes. El más conocido es un hombre corpulento, con el rostro abotagado, los ojos que miran el vacío y la melena hirsuta hasta los hombros. Por las desgarraduras de sus ropas puede verse su piel amoratada; en medio de su caótico discurso sólo hay una palabra comprensible: "Perdón, perdón".

Nadie sabe qué culpas atormentan a este hombre pero cuantos lo ven se sienten responsables de su locura y tratan de limpiar sus conciencias ofreciéndole monedas. Él no las codicia ni las recibe, ni siquiera las ve. Indiferente, deja que caigan al suelo. Alguien las atrapa y se aferra a ellas como a una tabla de salvación.

Mientras recorre su camino el loco va sembrando el bien. Si lo supiera tal vez dejaría de repetir la única palabra que sobrevive al extravío de su vocabulario: "Perdón. Perdón".

III

En esa calle nada es lo que parece: el hueco desigual fue una ventana, la tabla apolillada fue un portón, la piedra invadida por el musgo fue una cornisa, en la hornacina la figura monstruosa roída por la contaminación fue un ángel; el bulto abandonado junto a un zaguán es una joven que descansa sobre un altero de trapos, la línea que ensombrece su frente no es un mechón sino una cicatriz.

La muchacha vigila once jaulas destartaladas que cuelgan en la pared donde exhibe sus mercancías: periquitos australianos, canarios, gorriones, tórtolas, petirrojos, palomas. Entre todas hay una muy hermosa. Su cauda es un abanico perfecto y su plumaje está salpicado de blanco y oro.

El ave despierta la curiosidad de los transeúntes y, en algunos, el deseo de comprarla: "¿Cuánto?" La muchacha les contesta a los interesados que esa paloma no está en venta: es su amuleto y no lo cambiaría por todo el oro del mundo, ni siquiera hoy, cuando su casera le anunció que la renta del cuartucho donde vive subió de cuatrocientos a mil pesos.

IV

En esa calle tan estrecha el sol desciende con lentitud hasta los quicios. En el único que está siempre en penumbra vive una mujer larga, silenciosa, desconfiada: Milagros. Se sostiene de las propinas que le dan por llevar los desperdicios hasta el camión de la basura. De allí sacó los plásticos y cartones con que hizo su covacha. Se viste con las prendas defectuosas o sucias que los comerciantes ya no pueden vender.

Entre sus ropas guarda su único tesoro: el collar de *Piquín*, el perro que la acompañó durante los últimos cinco años. En señal de amabilidad y confianza, antes de irse a dormir ella lo liberaba de la correa tachonada de estoperoles y por la mañana volvía a atársela al pescuezo para, de ese modo, unirlo a su destino.

Piquín desapareció en febrero. A pesar de que los comerciantes le han repetido hasta el cansancio que el animal debe de haber muerto, ella sigue buscándolo. En ese afán abandona sus tareas y se va preguntado por el perro hasta que llega a la Plaza del Carmen: un rectángulo perfecto que algo tiene de puerto y de panteón.

Milagros acostumbra sentarse bajo un hermoso árbol de clavo y con la correa en la mano murmura, canta, grita el nombre de *Piquín*. Embebida en su propia voz no escucha al loco que sigue implorando perdón, no ve a la pandilla de adictos que se acercan a pedirle una moneda, no se altera con el gesto del hombre que apuñala al viento.

V

Milagros no piensa en rezar por el anciano que agoniza apoyado contra una pared, no responde a la pregunta que le hace una mujer llorosa con un bebé en brazos, no se aparta para dejar camino libre al ciego, no ve la mano llagada con que una niña le pide limosna, no oye la insolencia con que una prostituta reta a otra.

Milagros no percibe el hedor que sale de la herida del joven recién llegado para descansar junto a ella, no se persigna cuando escucha las campanadas del Carmen y de San Sebastián, no ve la procesión de los que se encaminan a la iglesia para rezar por Superman: murió ayer. Fue huérfano, mozo, ladronzuelo, torero, cantante, boxeador y al final, una sombra más en la Plaza del Carmen.

Porque Milagros no oye ni ve nada. Ausente de la vida, sólo espera el regreso de *Piquín*. Lo necesita para tener a alguien con quien compartir su destino. El perro no llegará jamás. A esas horas la Plaza del Carmen parece más que nunca un puerto y un panteón.

Antártida

I

EL VIDEO *MUJER-ES-LIBERTAD* TERMINA CON LA IMAGEN DE una modelo que, en lo alto de una montaña, deja flotar su cabellera. Se escuchan aplausos, frases de aprobación y la orden del licenciado Dávalos:

—Ortega: descorra la cortina por favor.

Una luz transparente, vaporosa, inunda la sala de juntas donde se encuentran reunidos los jefes de área. Se levantan y se dirigen a las mesas en que está el servicio de café. Luisa Alcántara, la única mujer del grupo, se acerca al ventanal para mirar la ciudad. Bajo los últimos rayos del sol parece de cobre.

La visión le recuerda la mañana en que subió al Cerro del Fraile con Eduardo Márquez. El paseo ocurrió hace más de veinticinco años y sin embargo ella conserva cada detalle de aquel día, sobre todo el momento en que su amigo se despojó de la bufanda para ofrecérsela: "Tienes frío." Luisa se pregunta cómo es posible que algo tan insignificante se haya convertido en un recuerdo de tanto valor.

La voz de Alfonso Ortega la devuelve a la realidad:

—¿Le sirvo un cafecito?

—Ya tomé mucho, gracias —responde Luisa. Apenas oculta el disgusto por la interrupción. Sigue mirando la ciudad, piensa en la modelo en la cumbre de la montaña y decide que se dejará crecer el cabello, por lo menos hasta los hombros. Trata de imaginar cómo se verá, cuando escucha al licenciado Dávalos:

—Señores: me gustaría saber sus conclusiones. —Se acerca a la mesa y retira un sillón: —Luisa, por favor.

Complacida por la deferencia, Luisa abandona su observatorio. Camina con pasos lentos, segura de que su falda de jersey negro se adapta maravillosamente a la línea de sus caderas, y ocupa su lugar. El licenciado Dávalos la señala:

—Primero las damas.

—Tengo muchas cosas que decir, empezando por el título; pero si me permite, licenciado, creo que antes deberíamos escuchar la opinión de Martín Lagarda. —Luisa mira a la concurrencia, segura de que obtendrá su aprobación: —Él domina el comportamiento de mercados. Sobre las bases que nos sugiera todos podremos trabajar mejor.

Lagarda bebe un sorbo de agua y empieza su exposición:

—Desde luego la calidad de nuestros productos es ya reconocida, pero tenemos que conquistar otros nichos con un *plus*...

Luisa se dispone a tomar notas en su block amarillo. Un relámpago que ilumina el horizonte la devuelve a la mañana en el Cerro del Fraile, donde Eduardo le declaró su amor. Néstor Zamora se levanta por otra taza de café y al pasar junto a Luisa se inclina para hablarle al oído:

—¿En qué sueñas, mujer?

Al escuchar las risas de sus compañeros Néstor comprende que no fue tan discreto como pretendía y se apresura a explicarse:

—¿No se fijaron? Tenía una expresión muy dulce, como si flotara, igual que la modelo del video. —Se dirige a Luisa: —Lástima que no traje mi cámara porque te habría tomado una foto de concurso.

II

Otra vez halagada, Luisa disfruta la satisfacción de saberse reina en un ambiente masculino que ya no le es hostil. Como si en efecto estuviera posando para un fotógrafo, ladea la cabeza y sonríe. Su expresión se congela en cuanto siente que en alguna parte de su cuerpo empieza a gestarse ese remolino de fuego que a deshoras la abarca, la agita, la aturde y acaba por fundirla.

Renueva su sonrisa, se esponja el cabello, cambia de posición pero no logra escapar de la oleada ardiente que la persigue, la acosa como un enjambre de mosquitos, infesta su cuerpo, le sube por el cuello y al fin envuelve su cara. Allí, el calor se concentra en cada milímetro de su piel y exprime la humedad de cada poro. Luisa ha padecido ya experiencias semejantes y sabe que sus facciones están alterándose, hinchándose como la madera cuando se humedece; que su maquillaje, perlado por el sudor, acabará por derretirse y desprenderse como una máscara de vinilo. Le zumban los oídos, se siente indefensa, cada vez más húmeda.

Angustiada, Luisa se aferra a los brazos del sillón y frota los remaches metálicos. Su frescura no basta para contrarrestar la ola ardiente que sigue empapándole la cara y entrecorta su respiración. Con disimulo recorre su mejilla con el dorso de la mano. La siente mojada y la oculta bajo la mesa para secarla en su falda. Involuntariamente roza la pierna de Joel Vázquez, su vecino de asiento. Se disculpa, pero él sigue mirándola, acechándola con el rabillo del ojo, como si esperara algo más.

III

Luisa se concentra en la voz de Lagarda. No comprende lo que dice pero le pide al cielo que él siga hablando porque cuando deje de hacerlo el licenciado Dávila le cederá la palabra y todos se volverán a mirarla. Si eso ocurre en este momento ella sugerirá que vuelvan a correr el video. Así, mientras la modelo asciende envuelta en su cabellera flotante, ella tendrá unos segundos para recuperarse.

La asalta el temor de que sus compañeros juzguen innecesaria la proyección que vieron hace apenas unos minutos y le pidan que tome la palabra. Entonces la mirarán y descubrirán que el sudor empapa su rostro. Antes de que eso ocurra es preferible abandonar la sala de juntas. No tendrá que justificarse. Todos comprenderán que fue al baño. Se alista para levantarse, pero renuncia a moverse cuando advierte que Néstor Zambrano está observándola desde el otro extremo de la mesa.

El miedo a los comentarios que él pueda hacer cuando ella se aleje la mantiene anclada en la sala de juntas. El salón que hasta hace unos minutos era su territorio conquistado, su reino, ahora le parece una mazmorra asfixiante donde sufre los martirios de sentirse húmeda y en peligro de ser *descubierta,* clasificada y al final desechada bajo el cargo de ser *una menopáusica.* La palabra contribuye a alimentar el fuego que la abrasa. Tiene que apagarlo, pero sólo puede hacerlo con el poder de su pensamiento y la fuerza de su imaginación.

Son recursos infalibles que la han salvado de situaciones incómodas. Aspira profundamente, levanta la cabeza y mira hacia la ventana. Piensa en el Cerro del Fraile, en paisajes nevados, en aguas congeladas. Sin pretenderlo, cae en el recuerdo de la fotografía que ilustraba el artículo que leyó en una revista: "El calentamiento de la Tierra pone en peligro la Antártida."

Luisa no puede evitar una sonrisa al darse cuenta de que está en el mismo riesgo desde que en su cuerpo empezó a formarse ese volcán que a todas horas, en cualquier momento, eructa llamaradas que la cercan, la envuelven, la derriten.

Hijas de las tinieblas

I

AUNQUE NADIE LO CREA, SE PUEDE VIVIR EN UN CUARTO DE
tres por tres. El nuestro no tenía ventana, sólo una puerta de lámina
pintada de rojo. Una tarde muy calurosa a mi hermana Virginia y
a mí se nos ocurrió perforarla con un clavo y un martillo. Por esos
hoyitos entraban hilos de aire y gotas de luz.

En un lazo tendido sobre la cama, de una pared a otra, poníamos
la ropa usada que mi madre compraba por kilo para revenderla en
los municipios más lejanos. En aquel tendedero había de todo:
pantalones, abrigos, sacos, blusas, faldas y hasta vestidos de noche
muy acabados. Todas esas prendas eran para Virginia y para mí
como una procesión de gente que caminaba sobre nuestras cabezas. También podían ser otras cosas: un bosque oscuro, una fila de
personas esperando turno para algo —nunca precisamos qué—,
un grupo de trapecistas.

Los vimos la única vez que mi madre nos llevó a un circo. La
pobre se durmió durante toda la función. Y cómo no, si se levantaba
a las cuatro de la mañana para prepararnos algo de comida antes de
irse a vender. Volvía a las diez de la noche. Se iba directamente a la
cama y estiraba el brazo para jalar alguna de las prendas y usarla de
cobija. Me gustaba pensar que sus humores quedarían escondidos

en la trama de los casimires y las popelinas; que sus sueños eran un hilo más en los encajes rotos, carcomidos.

II

Mi madre se llamaba Rutila. No recuerdo el tono de su voz. Nunca la oí cantar y hablaba poco. Por lo general antes de irse a vender nos leía la cartilla aunque estuviéramos medio dormidas. "No vayan a salir. Coman. Tengan cuidado con la hornilla. No entren al baño si alguien está adentro. No le abran la puerta a nadie." Muchas veces, en las madrugadas, me despertó el golpe de la puerta al cerrarse. Entonces permanecía atenta a los pasos de mi madre conforme iba subiendo la escalera con su carga de ropa sobre la espalda.

Nunca supimos su edad. Tomando en cuenta que cuando llegamos a vivir en aquel cuarto Virginia tenía cuatro y yo seis años, mi madre debió ser aún joven cuando murió. Siempre tuvo las mismas arrugas en la frente y en las comisuras. Esas líneas contaban su vida difícil. Nunca se quejó ni nos reveló el nombre de nuestro padre. Tal vez debería decir "de nuestros padres". Virginia y yo salimos muy distintas en lo físico, pero a fuerza de estar siempre juntas acabamos por ser idénticas: pensábamos igual, queríamos las mismas cosas y nunca le tuvimos miedo a la oscuridad. Es más: jugábamos con ella.

III

Encerradas en nuestro cuarto, sin ver a nadie, se puede decir que Virginia y yo vivíamos solas. Tal vez por eso nos inventábamos una nueva familia. La "vestíamos" con las prendas que mi madre no alcanzaba a llevarse para venderlas. Una chamarra era "el papá", un suéter "la abuela", un pantalón "el hermano", una falda "la prima."

Una vez mi madre tardó mucho tiempo en rematar un saco a cuadros verde y negro. A Virginia y a mí se nos ocurrió que era

52

de nuestro padre y nos encariñamos mucho con esa prenda. La tomábamos por las mangas y nos poníamos a pasearla por el cuarto hasta que al fin, suponiendo que ya estaba fatigada, la sentábamos en el quicio para que le diera el sol.

Un día un vecino se acercó para saber si el saco estaba en venta. Le dijimos que no. El domingo volvió para preguntárselo a mi madre y ella se lo vendió por siete pesos. Cuando el hombre se fue con el saco puesto mi hermana y yo nos soltamos llorando. "¿Qué tienen, qué les sucede?" No pudimos explicarle a mi madre que llorábamos porque sentíamos lo que era ser huérfanas de padre.

Sin ponernos de acuerdo Virginia y yo nunca volvimos a inventar una historia semejante y retomamos las diversiones habituales: saltar en la cama para ver si alcanzábamos el techo, perseguir insectos, hacer de nuestros brazos mortajas. Estoy usando la palabra correcta, a no ser que la ropa con que se viste a un muerto para enviarlo a la sepultura lleve otro nombre.

En el edificio la luz se iba con mucha frecuencia pero en el cuarto nunca tuvimos velas. Mi madre temía que ocurriera un accidente como el que le deformó la cara a una conocida suya y prefería estar a oscuras hasta que volviera la corriente. Eso podía tardar horas. Al final el portero detectaba el origen del problema o pedía dinero a los vecinos para contratar a un electricista.

En uno de aquellos apagones a Virginia se le ocurrió que jugáramos a morirnos e impuso las reglas: "Gana la que se quede más tiempo quieta, sin abrir los ojos y sin respirar." Después de contener el aliento durante unos segundos que nos parecían eternos estallábamos en carcajadas y enseguida volvíamos a la inmovilidad y el silencio, tratando siempre de superar nuestras marcas.

IV

La mañana de un lunes mi madre no se levantó. Con la cara al techo parecía dormir, pero sus ojos entreabiertos estaban opacos. Lo último que vio de este mundo fueron las ropas que no logró

53

vender. Le gritamos a Melquíades, el portero. Enseguida dio su veredicto: "Está muerta." Luego fueron apareciendo los vecinos. Se corrió la voz y llegaron algunos desconocidos. Uno de ellos llamó a una funeraria de Iztapalapa que brindaba servicios gratuitos a personas indigentes.

Mientras corrían los trámites, mi madre continuaba rígida en la cama bajo una sábana que alguien nos prestó. Nos hicimos las ilusiones de que estaba jugando a morirse hasta que dos hombres la metieron en una bolsa negra y se la llevaron a la carroza donde la esperaba un ataúd gris. No la enterramos en él porque sólo era prestado. Mientras esperábamos ante el horno crematorio, vimos cómo los mismos empleados que acababan de trasladar a mi madre devolvían el ataúd a la carroza en que ella realizó su último viaje.

IV

Todo sucedió muy rápido y no tuvimos tiempo de llorarla. La gente nos aturdía con preguntas: "¿Qué piensan hacer?" "¿Con qué van a pagar los trescientos pesos del cuarto?" "¿Aceptarían irse a un orfanatorio aunque no puedan quedarse juntas?" En esos momentos la idea de separarnos nos parecía imposible a Virginia y a mí. Sin embargo, poco tiempo después tuvimos que aceptarla.

Presionadas por la necesidad retomamos el negocio de mi madre. Malbaratamos en la puerta del edificio la ropa usada que teníamos en la casa. Con el poco dinero que sacamos fuimos a ver a los ayateros de Tepito y compramos otro bulto. Ésa fue nuestra rutina durante cuatro años.

Nos hicimos amigas de los comerciantes, sobre todo de Ernesto. Vendía fierros. Sus clientes eran plomeros, albañiles, choferes. Uno de ellos, Salustio, llevaba loza a Tijuana y para que el viaje le resultara más provechoso transportaba gente a la que ponía en contacto con Zeferino, un pollero que la pasaba al otro lado en el doble fondo de su tráiler.

A Virginia y a mí se nos ocurrió irnos juntas a los Estados Unidos. Ernesto nos presentó a Salustio. Él fue muy claro: "Cobro 2000 por cada una hasta Tijuana. Allí las dejo en manos de mi compadre Zeferino y él las cruza." "¿Por cuánto?", le preguntó Virginia. Se rió y le contestó: "No, pues caro. Atravesar la línea es muy duro. Y luego el desierto está cabrón." Ni en sueños íbamos a juntar ese dinero. Salustio lo entendió: "Miren, aquí nosotros podemos arreglarnos. El problema es mi compadre. Cuando lo vean en Tijuana y hablen con él pues a ver en qué forma lo convencen... ¿Qué me dicen?"

Ernesto quiso ayudarnos: "Mira, Salustio, te propongo una cosa: llévate a una de las muchachas por 1500. Que ellas decidan cuál de las dos se va." Le cedí la oportunidad a Virginia, segura de que en cuanto tuviera trabajo mandaría por mí.

Tardé en convencerla de que yo iba a estar bien. Fue más difícil quitarle el miedo de hacer la segunda parte del viaje sepultada en un ataúd rodante. Lo conseguí recordándole nuestro juego infantil cuando nos quedábamos largos minutos inmóviles respirando apenas en la oscuridad.

El día que mi hermana se fue me sorprendió ver que también Ernesto iba a viajar. La despedida resultó horrible. Me quedé con la mano levantada hasta que el camión de Salustio desapareció. Volví a la casa y estuve todo el día tendida en la cama, inmóvil, conteniendo la respiración para compartir, aunque fuera de lejos, la experiencia que mi hermana viviría muy pronto.

Esperé mucho tiempo tener noticias de ella y de Ernesto. Salustio tampoco volvió a aparecer por el tianguis. Nunca quise siquiera imaginarme lo que pudo haber sucedido. Me concentré en la esperanza de que mi hermana volvería a nuestro cuarto. Lo mantuve igual: repleto de ropa usada. Llegó a rentarme 600 pesos aunque continuaba midiendo tres por tres. Sin embargo, cada noche al regresar me parecía inmenso.

No soporto más: estoy decidida a emprender el viaje en busca de Virginia. Me iré en la misma forma: de aquí a Tijuana en camión y luego a los Estados Unidos en el doble fondo de un tráiler. Cuando sienta miedo y asfixia me daré valor pensando que mi hermana me dice lo mismo que le dije al despedirnos: "No te asustes. Piensa que nada más estás jugando a morirte como cuando éramos niñas."

El ahuehuete

I

LO MEJOR QUE ME HA DADO ESTE ÁRBOL ES LA SONRISA DEL viejo Ariel. La recuerdo siempre pero hay veces en que necesito *sentirla, verla.* En esos casos, no importa dónde me encuentre, desvío mi ruta con tal de llegar a la Plazuela de San Juan y ver el ahuehuete. Su sombra se proyecta más allá de la reja circular que lo mantiene cercado y así, en alianza con el sol, gana terreno.

En el ramaje del ahuehuete viven diez especies de pájaros —lo han dicho los expertos— y vaya usted a saber cuántas clases de insectos. Las hormigas negras son las más constantes y activas. En fila se pasan todo el tiempo subiendo y bajando por el tronco del árbol. ¿A qué horas dormirán? Al verlas pienso en las monjas que todas las mañanas iban del claustro a la iglesia y regresaban por las mismas calles.

Según nuestros cronistas, el ahuehuete lleva cuatrocientos ochenta y seis años en la Plazuela de San Juan; pero si le sumamos las edades de todas las personas que lo vieron a lo largo de sus vidas el árbol carga siglos, más los ochenta años de Ariel, su defensor.

Ariel vendía mieles de abeja y de maguey en tarros colgados de una armazón. Tintineaban al paso siempre apresurado del viejo. Su fama de adusto era otra sombra. Lo abrigaba durante las muchas horas que permanecía junto al ahuehuete esperando a sus clientes.

Con frecuencia, Ariel llevaba trozos de panal en una canastita de la que escurrían hilos dorados. Se me antojaba acercarme y enredármelos en los dedos para devorarlos. A través de mi capricho escapaba en sueños de mi salón de clase. Desde mi pupitre junto a la ventana podía ver la Plazuela de San Juan y en el centro el ahuehuete.

Constante como las monjas y las hormigas, Ariel llegaba a las diez de la mañana con su carga de mieles. Para regresar a casa yo tenía que atravesar la Plazuela de San Juan. Muchas veces sentí deseos de acercarme al mielero y preguntarle acerca de sus colmenas. Quería saber algo de él. Su aspecto me intrigaba porque iba enfundado en telas más que en ropas: "Parece momia", decían mis compañeras.

Una mañana, cuando apenas habíamos comenzado la clase, vi que se estacionaba en la Plazuela una camioneta y de ella descendían cuatro hombres. Se pararon frente al ahuehuete y estuvieron hablando. Abrí un poco la ventana pero no logré oír lo que decían.

Uno de los hombres saltó la reja, caminó sobre las raíces del árbol y palpó su tronco como si fuera el vientre de una borrega a punto de parir. En ese momento apareció Ariel y se plantó en su sitio. Noté que procuraba ignorar a los intrusos, pero cuando lo vi dirigirse a ellos adiviné que había estado escuchándolos.

Los cinco estuvieron hablando mucho tiempo. Por fin Ariel no pudo contenerse más y agitó los brazos en prueba de su disgusto. Uno de los hombres, para tranquilizarlo, le palmeó la espalda. Ariel se quitó el sombrero y con la cabeza inclinada habló ante los desconocidos. Lo escucharon indiferentes y acabaron por alejarse y abordar la camioneta. En cuanto no la vio más, Ariel tendió su mercancía en el piso, se acuclilló junto a la reja y se fundió con la sombra del árbol.

III

Cuando salí de la escuela me detuve ante el mielero. De entre sus ropas sacó un trapo, se enjugó la cara y me habló como si hubiera estado esperándome: "Dicen que está enfermo. Lo van a arrancar para destazarlo." Giró la cabeza hacia el ahuehuete. "No está malo, está viejo, eso es todo; pero les urge deshacerse de él porque les estorba. Esta gente regresará mañana y actuará contra el árbol como los malos nietos y los malos hijos con sus abuelos y sus padres."

Ariel se puso de pie tambaleante y levantó sus mercancías. Los frascos y los tarros, en su tintineo, secundaron el temblor de sus manos. Pensé que el mielero iba a caerse y sentí miedo por él: "Señor: ¿qué le pasó?" Ariel no me escuchó y se volvió hacia el árbol: "Cuando lo tiren, ¿quién nos limpiará el aire y nos dará oxígeno? ¿Dónde se posarán los pájaros? ¿En qué otro sitio se ocultarán los insectos? ¿Por dónde subirán las hormigas y escurrirá el agua de lluvia? No lo sé."

El mielero gritaba como un predicador. La gente que iba pasando por la Plazuela de San Juan se detenía atraída por el tono de aquella voz. Los vecinos abandonaron sus casas y sus comercios y se acercaron para escuchar a Ariel: "Mucho antes de que tuviera mi primer recuerdo, mi mamá me traía a dar pasitos alrededor del árbol. Seguía la costumbre de sus padres, sus abuelos, sus tatarabuelos y los más antiguos pobladores de San Juan."

Se hizo un silencio hasta que alguien se atrevió a preguntar: "Don Ariel: ¿usted sabe quién habrá traído este árbol?" El viejo inclinó la cabeza: "Nadie lo sabe. Mi padre decía que el viento, mi madre aseguraba que el tiempo. Así de sencillas eran las ideas de nuestros antepasados."

Seguía llegando gente. Ansiosos de mirar ordenaban a los de la primera fila que se sentaran. Contento de saberse escuchado por vez primera en mucho tiempo, soltó una risa que era más bien un chillido: "En mi niñez sus ramas eran bajas. Mis hermanos y yo trepábamos por ellas. Allí se quedaron sus edades tiernas, sus risas, el dolor de sus caídas, la sangre de sus pieles desgarradas. Ahora que mis hermanos están muertos, cuando el viento sopla me parece que se despiertan de su último sueño. Los oigo reír y lloro con su llanto de niños."

Ariel me miró como si nadie más estuviera rodeándolo: "Y los amores, niña, ¡y los amores! Bajo las ramas de este árbol, durante siglos, miles de enamorados se han protegido del sol, las miradas, las tolvaneras y hasta del olvido. Estas ramas están cundidas de recuerdos. Los refrescan la lluvia y la memoria de los viejos como yo, cuando hacen memoria."

Una muchacha se inclinó sobre el niño que descansaba en su regazo: "¿Sabes, mi amor? Después de que naciste y salimos del hospital tu papá nos tomó tu primera foto bajo ese árbol. La tengo bien guardada para dártela cuando seas grande." Se oyeron risas y la voz de una anciana: "El día de mi boda pasé por esta plaza rumbo a la iglesia. Anselmo, que en paz descanse, me tomó de la mano y en secreto me dijo una cosa muy bonita: 'Mi amor por ti durará más que este árbol'."

Melisa, apoyada en su muleta, se dirigió a Ariel: "Cada vez que iba a mi terapia lo veía a usted parado junto al árbol y me decía: 'Cuando me duela la curación, para olvidarme del dolor voy a pensar en el saborcito dulce de la miel'."

Mauro, el carpintero, se levantó: "No es justo que un árbol tan lleno de vidas esté condenado a muerte. Todos los que le debemos algo estamos obligados a defenderlo." Ariel soltó otra de sus risitas: "¿Y cómo? Vendrán mañana, de seguro al amanecer, cuando estemos dormidos." Se escuchó una voz: "Pues lo velamos, a ver si los taladores se atreven. Por seguridad, será mejor que los niños no vengan. Los demás vayan a sus casas para avisarles a sus familias que permanecerán aquí. Los que quieran y puedan, regresen antes de las cuatro de la mañana."

V

Quienes intervinieron en la ocupación del árbol nos han contado muchas veces cómo sucedió todo. Entre risas, en desorden, se reunieron en la Plazuela. Conforme iban apareciendo tomaban su sitio. Los ancianos se acostaron sobre las raíces del árbol; las mujeres formaron una cadena en derredor del tronco; los jóvenes se subieron por las ramas mientras los pájaros cantaban su protesta por aquella invasión.

Ariel me dijo que para conjurar el peligro de que alguien se cayera de las ramas altas se pasaron las horas contándose historias familiares, recordando a los ausentes y cantando. Cuando aparecieron los primeros rayos del sol Ariel les ordenó guardar silencio para sorprender a los taladores.

El barrio de San Juan estaba quieto. Quienes vivían cerca de la Plazuela pudieron verlo todo desde sus ventanas. Nunca olvidaré el ruido de las camionetas estacionándose, la rapidez con que los taladores saltaban con sus sierras eléctricas. Uno de ellos gritó: "Primero hay que quitar la reja." En ese instante, por entre las ramas del ahuehuete, aparecieron los hombres y mujeres que habían decidido convertirse en sus guardianes. Inmóviles, como si fueran parte del ahuehuete, se mantuvieron indiferentes a las preguntas que los recién llegados les gritaban: "¿Qué es esto?" "¿Qué pretenden?" "¿Creen que así van a impedir que quitemos el árbol?"

Ariel fue a su encuentro. Entre el suave tintineo de los tarros de miel contestó a todas las preguntas con una sola respuesta: "Ya lo acordamos: este árbol está lleno de vida, de nuestras vidas. No merece la muerte."

Desde entonces no hemos tenido necesidad de proteger el árbol. Lo defienden las aves, los insectos y los muchos recuerdos que penden de sus ramas.

La tormenta

ENVUELTOS EN COBIJAS, LOS ANCIANOS PARECEN CRISÁLIDAS. En sus rostros hay señales de alerta. Ahondan las líneas en sus frentes, enredan los ángulos de sus ojos, subrayan las comisuras que enmarcan una sonrisa de alivio que por momentos es también de incertidumbre: nadie sabe si volverán a estar en peligro.

Todos al mismo tiempo hablan de la tromba en voz alta perforada por carraspeos y toses. Recuerdan que a las ocho treinta y siete… Corrigen: "No, a las ocho cuarenta porque estaba dándole cuerda a mi reloj y vi la hora…" Sea como fuere, oyeron golpes en sus ventanas. Cada uno los interpretó a su modo: "Creí que era el viento." "Pensé que estaba temblando." "Como Eugenio tiene la maldita costumbre de apedrearme los vidrios…"

Eugenio se siente orgulloso de que Delia, su eterna enemiga, lo haya mencionado sin repetir los insultos: apestoso, majadero, aburrido, meón, bueno-para-nada, cegatón, feo; en especial le agradece que hoy no lo llame "viejo inútil". Después de todo él fue quien retiró los trozos de hielo que le impedían a Delia abrir su puerta.

Aurelia, la más pequeña de estatura, logra imponer su voz para dar su interpretación de la granizada: "Cuando mi hermana Julia murió escuché los mismos golpes en toda la casa, por eso el miércoles pensé: de la familia nada más quedo yo. Llegó el momento de irme. No me dio miedo, sólo me encomendé a Nuestro Señor." Toma la punta de la cobija y la sube hasta su barbilla para evitar que se escape el calor de su cuerpo: señal de que sigue viva y que dentro de un mes superará a su hermana Julia, fallecida a los 92 años.

Incómodo ante la alusión a la muerte, Jerónimo se apresura a contar que la lluvia entró en su cuarto por el vidrio roto. No insiste, como otra veces, en que lleva años pidiéndole a la administradora del asilo que se lo reponga; sólo habla de los goterones que salpicaron su sillón y la revista en la que estaba leyendo un artículo acerca del reservorio de plantas que se instalará en la Luna por si sucede *algo* en la Tierra.

Irene se despoja de la manta que cubre también la botella color ámbar donde se hunde en el agua una larga rama de hiedra. Hace tres años, antes de asilarse, la cortó de la enredadera en el patio de su casa: una ruina tan olvidada como ella. Está segura de que su vida se prolongará hasta el día en que la hiedra crezca lo suficiente como para tapizar las paredes de su cuarto. Afirma que al oír la granizada y los raudales de agua bramando en los patios corrió a poner la botella ámbar a salvo.

Sadot enciende un cigarro. Nadie protesta. Después del gran peligro en que estuvieron, para los ancianos el humo del tabaco hoy no significa nada. Miran cómo envuelve a Sadot mientras asegura que al ver las corrientes recordó *sus* ríos de Veracruz y cómo arrastraban de un poblado a otro la música de los arpistas. El sonido era una invitación para que todo el mundo acudiera a un casorio, un bautizo, unas bodas de plata, la llegada de un párroco nuevo o el retorno de un hijo derrotado por la violencia en la frontera.

Sadot no concede importancia a las miradas incrédulas que intercambian sus compañeros. Sabe que lo que cuenta es tan cierto como que la música jarocha igualaba a las gentes que iban a las fiestas sin que nadie les cerrara las puertas porque estuvieran mal vestidas o profesaran otra religión.

Fabiola suspira —"¡Qué bonito!"— y dice que le gustaría conocer el mar. Espera poder cumplir su sueño antes de que caiga otra granizada y destruya parte de su techo. Se lleva las manos a la cabeza, detecta entre los mechones de pelo una piedrita y se la entrega a su vecino como prueba del riesgo en el que estuvo.

Imaginar su cuerpo atrapado entre bloques de yeso y piedras la conmueve. Fabiola llora sobre el cadáver en que por fortuna no se convirtió. El hecho de no haber muerto es para ella la prueba de que Dios quiere darle tiempo para que se reconcilie con su hija Beatriz. Mañana temprano la llamará por teléfono. Le dirá que no le guarda rencor por haber convencido a su yerno Saulo de que la encerraran en el asilo; se lo agradece porque está rodeada por personas de su edad con las que puede conversar sin que se aburran y le den la espalda.

Suena el teléfono. Todos miran hacia la puerta en espera de que Gilberto, el empleado de turno, aparezca en el salón y diga para quién es la llamada. Excepto Eunice, los asilados tienen hijos, nietos, bisnietos, parientes lejanos, amigos, antiguos vecinos que los olvidaron. Tal vez la tromba les haya refrescado la memoria y quieran saber cómo están sus padres, abuelos, bisabuelos…

Gilberto entreabre la puerta del salón y grita: "Eunice: teléfono". La aludida se mantiene indiferente. Su vecina le sacude el hombro: "Es para usted. La llaman, ¡apúrele!" Eunice levanta los hombros y les recuerda a sus compañeros lo que saben: no tiene a nadie en el mundo. Gilberto, que aún debe sacar a la calle las bolsas de plástico negro llenas de hojas, ramas y bloques de hielo, pierde la paciencia y dice que colgará sin más.

Fabiola lo detiene y convence a Eunice de que vaya a contestar porque, total, si no es para ella por lo menos le hará bien la caminadita por el pasillo. Incómoda al verse convertida en centro de atención, Eunice retira su frazada, se levanta y camina con los brazos levantados, como si temiera chocar con los muebles o estrellarse contra los muros.

Los asilados llevan la contabilidad de los pasos que median entre sus habitaciones y el comedor y la capilla; también guardan registro de los que deben dar para ir del salón de usos múltiples al teléfono en el pasillo. Adquirieron esos conocimientos cuando la Madre Piedad, que en paz descanse, les advirtió que Dios quizá tuviera dispuesto someterlos a otra prueba privándolos de la vista y entonces ellos tendrían que ser sus propios lazarillos.

La capacitación de los ancianos duró meses. A todas horas se les veía ir y venir por el asilo, contando pasos y gritando las cifras finales como si se tratara de una lotería: "Noventa y ocho de mi cuarto al comedor." "Nomás catorce de mi cama al baño." La única que no registró cuántos pasos se necesitaban para ir del salón al teléfono fue Eunice; pero los demás sabían muy bien que eran treinta y tres: la edad de Cristo.

Los compañeros de Eunice se dan cuenta de que llegó al teléfono cuando al fin pronuncian la cifra clave: treinta y tres. Satisfechos de no haberse equivocado, guardan silencio para escuchar lo que ella dice: "Bueno. ¿Quién habla? Sí, soy yo: Eunice Álvarez. ¿Quién es usted?" No se oye nada más. Los asilados deducen que Gilberto se equivocó pero lo disculpan porque el pobre muchacho tiene un trabajal enorme. Desde la mañana del jueves no ha hecho sino levantar escombros.

Pascual aprovecha para repetir que una vez fue de excursión al Nevado de Toluca y que después de aquella mañana nunca había vuelto a ver tanta nieve como el miércoles por la noche. Levanta los ojos y describe lo que todos miraron: un manto helado sobre el pasto desigual del jardín, ramas quebradas en los arriates y hojas y trozos de hielo cayendo desde los fresnos.

Suspende su relato y les pide a sus amigos que pongan atención porque le pareció escuchar la risa de Eunice. Dolores asegura que lo que están oyendo son quejidos. Miguel se pone de pie. Esteban le impide que se acerque a la puerta. Aprovecha para confesarles que lo único que le molesta de ellos es que lo oigan cuando su hermana lo llama por teléfono los domingos para culparlo de haber perdido la casita heredada de su madre. Por eso ahora tiene que vivir con una prima que la trata muy mal.

Irene vuelve a ocultar la rama de hiedra bajo su manta. Sadot toma otro cigarro pero no lo enciende: ya consumió su cuota diaria.

Se escuchan pasos en el corredor. Los asilados se vuelven hacia la puerta mientras murmuran la cuenta regresiva: "seis, cinco, cuatro, tres, dos, uno." Se levantan para recibir a Eunice. Quizá esté desolada y los necesite más que la noche del miércoles, cuando salió de su cuarto dando de gritos, empavorecida por los golpes del agua y el granizo.

Con la misma intensidad llueven sobre Eunice la preguntas: "¿Quién era?" "¿Quién te llamó?" "¿Por qué tardaste tanto?" Agobiada, Eunice ocupa su lugar, espera a que todos hagan lo mismo y explica que la llamó Adalberto. Le recordó que habían sido novios de jóvenes y, al enterarse de los desastres causados por la tromba, ansiaba tener noticias suyas.

Los asilados le hacen una sola pregunta en tono de escepticismo, burla, malicia, fastidio: si no tienes a nadie en el mundo ¿cómo supo *ese tipo* que podía encontrarte aquí? Eunice parpadea y confiesa que ella misma no logra explicárselo: no recuerda haber conocido a ningún Adalberto pero no se lo dijo y le permitió hablar hasta que al fin se despidió. Fabiola le exige que diga por qué escuchó a un desconocido. La respuesta de Eunice es muy simple: comprendió que el hombre estaba muy solo.

Se pone de pie, reacomoda la cobija sobre sus hombros, da las buenas noches y empieza a contar los pasos que la separan de su cuarto. Los asilados se disponen a hacer lo mismo. Mientras caminan cuentan. Las cifras rebotan contra las paredes, igual que el miércoles resonaron la lluvia y el granizo.

Un secuestro

—¿SIGUES LLORANDO? NO FUE PARA TANTO: SÓLO UNAS COR-
taditas. Nada en comparación a los raspones que te dabas cuando
te caías de *nuestro* árbol en San Álvaro. No estoy exagerando. Era
nuestro: ningún cabroncito del barrio podía subirse en el árbol a
menos que le diéramos *chance*.

Tobías salta de la mesa en que se halla sentado, saca de su cha-
leco de miliciano un pañuelo y se aproxima a Marisa. Ella retrocede
hasta tocar la pared con la espalda. El gesto de rechazo disgusta a
Tobías:

—Te lo estoy ofreciendo en buena onda. —Arroja el pañuelo:
—Puedes alcanzarlo. Anda, haz un pequeño esfuerzo y tómalo.
Debes limpiarte: no te ves bien con la cara batida de lágrimas y
mocos. Cuando éramos niños una vez me comí tus mocos verdes.
Escurrían gruesos, densos y se me antojaron. ¿Qué quieres? Cosas
de chamaco. ¿Por qué escondes la cabeza entre las rodillas? Ya lo
sé: te dio vergüenza lo que dije.

—Eres tú quien no quiere oírme. Si lo hicieras no me tendrías
aquí. —Marisa observa con horror las cintas canela que atan
sus muñecas y sus tobillos. —No puedo creer lo que me está
sucediendo.

—Pues más te vale que lo creas. Todo es real. Si piensas que
estás soñando, pellízcate. Lo haces muy bien. Tuviste una buena
entrenadora: la madre Eduviges. —Tobías se frota el brazo. —Me

parece que aún tengo los moretones que me dejaste sólo porque no me supe el Credo.

—La madre Eduviges me ordenaba que les diera un pellizco a quienes no se supiesen las oraciones.

—¡Qué obediente! —Tobías se vuelve y mira hacia la calle por la ventana alta y muy estrecha, apenas un respiradero: —Eso también es cosa de familia. Traemos en la sangre los genes de la obediencia. Mi amigo Benny me ordenó que te invitara a salir y lo hice.

—¿Fue idea suya?

—*Fifty-fifty*. Digamos que a él se le ocurrió lo del secuestro y yo diseñé la logística. Qué palabrita, ¿no? Suena bien. La usan los profesionales. ¿No los has oído en la tele cuando los atrapan? Salen panzones, mal vestidos, todos madreados; se nota que se están cagando de miedo pero ni así olvidan la palabrita "logística".

—¿Por qué lo hiciste?

—Bien que lo sabes ¡no te hagas! Por dinero y no porque te odie ni nada por el estilo. —Tobías escucha los gemidos de Marisa: —No te estoy lastimando. ¿Por qué lloras?

—Tengo miedo. Todo es tan horrible. No sé en dónde estoy, no comprendo... —Marisa cierra los ojos y agita la cabeza: —Somos primos hermanos, por nuestras venas corre la misma sangre, pero no te importó.

Tobías se hinca ante su prisionera y con suavidad la toma por el mentón:

—Nada de eso cambiará, no te preocupes. Seguiremos siendo primos y por nuestras venas correrá siempre la sangre de los Márquez Tapia. —Alcanza el cúter que está en el suelo y, ante el horror de Marisa, se hiere el índice izquierdo: —¿Ves mi sangre? ¿La ves?

—¡La veo, la veo!

—Es tan roja como la tuya ¿o no? —Se lleva el dedo a la boca y le da un lengüetazo: —Sabe dulce. Pruébala. Dame gusto, después de todo yo probé tus mocos.

Marisa se resiste a abrir los labios pero él la sujeta por la mandíbula y la obliga a chupar la sangre. La joven se estremece y escupe.

—¡Me das asco, eres un monstruo! Esto no te lo voy a perdonar nunca.

—"Yo sé que nunca/ besaré tu boca..." Tu mamá canta esa canción siempre que se empeda en las fiestecitas familiares. —Tobías se acaricia el cuello: —Aunque no me lo creas, de toda esta bronca una de las cosas que más me duele es que ya no podré asistir a las pachangas en tu casa.

—Ojalá que mi padre te refunda en la cárcel.

—Mejor que me suelte el milloncejo. —Tobías se levanta y se despereza: —Tengo sueño. Llevamos siete horas encerrados en este pinche cuarto tan feo y ya me aburrí. Si al menos hubiera una tele o de perdida un radio...

—¡Desalmado! No sé cómo puedes preocuparte por cosas tan estúpidas cuando me está sucediendo algo tan espantoso. —Siente la mirada gélida de Tobías y modifica su tono: —Te lo suplico: déjame ir. No lo hagas por mí sino por mi padre. Está enfermo y no tiene el dinero que le pides.

—Puede conseguirlo. Y más vale que lo haga rápido. Cuando Benny se impacienta le entra la loquera y se le ocurren unas cosas que hasta a mí me asustan. —Regresa al lado de Marisa y se inclina para mirarla de cerca: —No te preocupes por tu hombro, no te quedará cicatriz. Benny sólo te hizo unos cuantos rasguñitos. Lo conozco y estoy seguro de que no actuó con mala intención. Nada más quería que tu papi oyera los grititos de su *nena de oro*.

—Está enfermo del corazón. Pudo morirse del susto.

—A todos nos sucederá lo mismo tarde o temprano pero antes debemos cumplir con nuestras obligaciones. La de mi tío Anselmo es reunir el milloncejo antes de que a Benny se le ocurra arrancarte un dedito por aquí, otro por allá. Tienes diez, así que hay mucha tela de donde cortar.

Marisa cierra los puños y tensa el cuerpo tembloroso:

—No permitas que me haga eso. Por lo que más quieras, que no me vaya a cortar los dedos.

—¿Por qué te importan tanto? ¿Piensas ser pianista para compensar a mi tía Josefina? Ella me contó que el bueno de tu papacito le prohibió que se dedicara a la artisteada. —Sus ojos brillan de malicia y lanza un puñetazo: —¡Chin! ¿Cómo no lo había pensado? Si tu jefe se muere mi tía quedará libre para cumplir su sueño de tocar en público. Me lo contó una vez que se le subieron las copas. Aquí entre nos: ¿mi tía es alcohólica? Primita, habla sin miedo. No se lo diré a nadie, ya sabes: "la ropa sucia se lava en casa".

—Cuando mi padre se entere de que has estado detrás de todo esto...

—No dirá ni pío, entre otras cosas porque no va a saberlo y jamás va a imaginarse que yo, dizque su sobrino consentido...

—Se lo diré, le haré ver la clase de maldito que eres.

—¿Quién te entiende? Primero me sales con que estás preocupadísima porque a tu papá puede darle un infarto y luego parece que no te importa matarlo. —Tobías se coloca detrás de la mesa: —Si sabe que el hijo de su única hermana, fíjate bien, fue capaz de secuestrarte, sentirá una gran decepción y su corazoncito ¡paf! ¡Estallará! ¿Entendiste o quieres que te lo diga más claro?

—Si supieras cuánto, cuánto te aborrezco.

—¿Sólo porque hablo con la verdad? —Tobías suspira: —Me decepcionas. Aunque no me creas voy a decirte otra cosa que es cierta: si no quiero que me denuncies con tu jefe es porque lo aprecio y sentiría mucho verlo estallar.

—Sí, lo aprecias tanto que mira lo que nos estás haciendo.

—No me quedó otro remedio. ¿Sabes cuánto tiempo llevo buscando trabajo? Dos años. ¿Y qué he encontrado? ¡Nada! De otro modo tal vez no hubiera conocido a Benny. Pero la cosa está hecha y ¡ni remedio! Qué tipo ¿eh? Más listo que una zorra y sin corazón. Nunca se morirá de un infarto. —Celebra su broma con una sonrisa: —Lo admiro: el cabrón me envolvió y no supe ni a qué horas.

—Como todos los criminales, ahora le echarás la culpa a él.

—No, para nada, sólo reconozco que fui un pendejo hablándole de la familia, contándole de la ferretería de tu papá, de las fiestecitas en tu casa, de ti. Me hizo creer que le fascinaba oírme porque él nunca tuvo familia. Jamás se me ocurrió que sólo reunía información para tu secuestro.

—Y cuando lo supiste ¿por qué no lo denunciaste?

—Ambición, miedo... Trata de entender: cuando quise zafarme ya no pude.

—¡Vámonos, Tobías! Te juro que no le diré nada a mi padre.

—¿Irnos? Imposible. Benny lo sabe todo de mí. Si lo traiciono, manda a su pandilla a que me busque y me acaban.

—Te lo ruego: ¡vámonos! Podemos denunciar a Benny ante la policía, explicarle cómo sucedió todo. Lo comprenderán, estoy segura.

—Necesito el dinero... —Tobías va a sentarse al lado de Marisa. Junta los pies y las manos como si él también las tuviera atadas con cinta canela: —Cuando Benny me propuso el plan codiciaba los quinientos mil pesos para darme la buena vida que nunca he tenido ni tendré; ahora nada más los quiero para irme adonde nadie sepa nada de mi familia y Benny no pueda encontrarme. Eso va a ser lo más cañón.

—Ni creas que me conmueves. No siento lástima por ti, sólo desprecio y horror.

—No estoy para sermones. —Tobías mira de reojo a su prima: —Sé que me odias y que nunca quieres oír la verdad, pero de todas formas voy a decírtela: cuando esté lejos extrañaré las fiestecitas en tu casa... Pero "yo sé que nunca" como dice la canción.

Cajas

I

LA ESTACIÓN DEL TREN ERA COMO UNA LLAVE ABIERTA POR
donde escapa el agua. Lo que salía de este pueblo eran hombres,
mujeres, niños. Se iban al norte en parejas, en grupitos, así que en
un mismo día dejaban huecos en dos, tres, cuatro casas y también
en los campos de los alrededores.

Aunque no fueran nuestros parientes, todos salíamos de madru-
gada a despedirlos. Marchábamos formados como en las procesio-
nes, sólo que en la primera fila en vez de nuestros santos patronos
iban los viajeros. Era un honor cargarles las bolsas en donde habían
metido una muda de ropa, un sarape. Los hombres casados llevaban
además un arete de sus mujeres; las esposas, el cinto de sus maridos;
los niños, ramas de plantas medicinales con que pudieran curarse
de la tos, de un dolorcito.

Siempre caminábamos muy despacio. Era una forma de mos-
trarles a los viajeros que no teníamos prisa de que se fueran y
hasta de darles tiempo para que se arrepintiesen de emprender un
viaje hacia lo desconocido. Que yo recuerde, nadie nunca desistió;
antes al contrario: todos parecían urgidos por irse de una vez para
regresar más pronto.

Desde la Curva del Venado se veía la estación. En medio de la
oscuridad, con su única ventana iluminada, el edificio parecía un

gigante tuerto cabeceando en espera de sus víctimas. Los que íbamos a quedarnos en el pueblo rompíamos la fila y nos acercábamos a los viajeros para hacerles preguntas y arrancarles promesas. Todas eran iguales: "¿Seguro que empacaste todo?" "¡Júrame que volverás!"

Lo más difícil de las despedidas eran los minutos previos a la llegada del tren. Resentíamos ya los efectos de la desmañanada, los temas de conversación estaban agotados y el nerviosismo era general. Los que iban a emigrar formaban un círculo junto a las vías del tren. En ese momento, aunque aún estuvieran en terrenos del pueblo, empezaban a alejarse de nosotros.

Quienes permaneceríamos nos sentábamos en las bancas, junto a la entrada de la administración para hablar de las faenas diarias, de algún trámite pendiente, de cualquier cosa que nos produjera la ilusión de que nada había cambiado entre nosotros.

El silbato lejano del tren causaba revuelo y desorden. Los viajeros levantaban las cajas que habían dejado en el piso y nosotros íbamos hacia ellos para decirles algo que ya no les interesaba. Su único afán era abordar un vagón, elegir un asiento, disponer de un espacio para su equipaje. Todo eso lo observábamos a través de los cristales marcados con las huellas de otros emigrantes.

Cuando los viajeros al fin se acercaban a las ventanillas para despedirse, ya era demasiado tarde: los vidrios representaban una barrera infranqueable. A nuestros parientes y amigos les pedíamos con señas que hablaran más fuerte. Era inútil: no podíamos escucharlos con claridad y, como ante una película muda, nos dábamos por bien servidos con sólo interpretar sus sonrisas, sus gesticulaciones, la expresión de sus ojos.

Con un silbido más agudo y prolongado el garrotero nos advertía que el tren —detenido apenas unos instantes en la mísera estación del pueblo— iba a ponerse en marcha. En el último intento por acompañar a los viajeros corríamos junto a los vagones, seguros de mantener su ritmo, hasta que al fin éramos derrotados por la velocidad.

Temblorosos, jadeantes, arrojando vaho por la boca, nos quedábamos mirando el convoy. Mientras más se alejaba más nos arrepentíamos de no haber aprovechado los minutos transcurridos en la estación para hablar —quizá por última vez—con nuestros seres queridos.

Bulmaro, el despachador con mangas de lustrina, cerraba la ventanilla abruptamente. Era su forma de recordarnos que, por el momento, ya no teníamos nada que hacer en la estación ni él tampoco. Como siempre, volvería a la mañana siguiente para facilitarles a los viajeros el paso a un mundo prometedor y amenazante.

Hacíamos de prisa el camino de regreso al pueblo. Marchábamos en silencio, de mal humor, agobiados ya por el peso de la ausencia y la perspectiva de tener que multiplicar nuestros esfuerzos para cubrir la porción de trabajo que les habría correspondido a los ausentes.

II

Vivíamos entre la incertidumbre y la espera de noticias que rara vez nos llegaban: un día una carta, semanas después una llamada telefónica breve, relatos de viajeros que estaban de vuelta en el pueblo vecino. Acudíamos a verlos con la esperanza de que nos hubieran traído informes de nuestros parientes y amigos. Todos respondían lo mismo: "Aquello no es como aquí, donde nos conocemos desde siempre. Las ciudades y los campos son muy grandes, hay muchísima gente que va de un lado a otro. Es raro que vuelva uno a encontrarse con algún paisano."

Tercos, le ofrecíamos la foto de "nuestro" viajero con la esperanza de que al menos lo hubiera visto. Manteníamos la ilusión hasta que el informante se disculpaba: "No, lo siento: a este cristiano no lo conozco." Al cabo del tiempo y de vivir tantas veces las mismas decepciones, acabamos por aceptar que nunca volveríamos a ver a quienes, meses o años antes, habíamos despedido en la estación.

Un lunes mi prima Julia recibió una carta del consulado en Los
Ángeles. Se le informaba que su esposo, Hilario Robledo, regresaría
a Guanajuato el miércoles por el aeropuerto de León. La noticia
fue muy celebrada.

En el pueblo nadie había tenido la experiencia de subirse a un
avión. Julia se sintió orgullosa de que Hilario fuese el primero y
todos lo consideramos, por eso, un triunfador. Pasamos la tarde
decidiendo quién acompañaría a mi prima al aeropuerto: "Ven tú",
me dijo. Anselmo se ofreció a llevarnos en su camioneta de redilas
porque sólo en ella podría caber el equipaje de Hilario, que de seguro
superaba con mucho la caja de cartón donde había empacado una
muda de ropa y su cobija.

El miércoles por la mañana salimos rumbo a León. De los tres,
sólo Anselmo había estado allí. Se pasó el camino describiéndonos
la ciudad y hasta nos habló de un restorancito donde podríamos
detenernos en caso de que Hilario tuviera urgencia por comer algo
mexicano.

Cuando llegamos al aeropuerto y pedimos informes, un empleado
nos indicó el pasillo por donde llegarían los viajeros procedentes
de Los Ángeles. Salió el último sin que Hilario hubiese aparecido.
Inquietos, fuimos a pedirle informes a un maletero. Nos advirtió
que el avión ya estaba vacío. Le dijimos que era imposible y para
demostrárselo Julia le enseñó la carta del consulado. El hombre se
rascó la frente: "Esta clase de pasajeros no llega por aquí. Si gustan,
los llevo." Aceptamos que nos condujera hasta una oficina donde
estaba conversando una pareja.

El maletero les habló en voz baja y enseguida desapareció sin
mirarnos. El hombre se dirigió a Julia: "Me permite su documento,
quiero decir, la carta del consulado." La leyó de prisa y oprimió un
timbre: "Si quiere tomar asiento, señora, enseguida le traen a su
marido." "¿Viene enfermo, tuvo un accidente?" No fue necesaria la

respuesta: aparecieron dos empleados empujando la camilla donde venía el ataúd con los restos de Hilario.

Durante mucho tiempo Julia se compensó de su viudez repitiendo que su marido había sido el primero en cumplir la promesa de regresar. Ya no le cabe ese orgullo: después de Hilario han vuelto al pueblo doscientos setenta emigrantes: se fueron en tren o en autobús, ligeros de equipaje, llenos de ilusiones; regresaron en avión, con todo el peso de la muerte encima.

Sólo chatarra

I

—¡QUÉ BUENO QUE NOS DETUVIMOS A TOMAR UN CAFÉ. ESTOY muerta. (*Palmira se acaricia las ojeras.*) ¿Se nota mucho que lloré?

—Si no te fijas, no. (*Ángel oprime la mano de su esposa.*) Nunca pensé que llegaras a querer tanto al *Pelirrojo.*

—Mejor ya ni me lo recuerdes.

—Chaparra: sabías que esto iba a suceder tarde o temprano, lo hablamos varias veces. ¿Entonces...?

—Sí pero, ¿qué quieres? Nada más de imaginarme que cuando regresemos a la casa él ya no estará...

—Mejor alégrate pensando en que el patio quedó libre y otra vez podrás tener allí tus macetas. (*Sonríe y tamborilea sobre la mesa.*) Acabo de recordar el día en que te presenté al *Pelirrojo.* Fue un sábado. Te encontré furiosa.

—Pues claro: quedaste en pasar por mi suegra, por Julita y por mí a las dos de la tarde. Dieron las cinco y tú sin aparecer. Me imaginé lo peor. (*Lo observa con malicia.*) Ahora que lo pienso, nunca me dijiste por qué se te hizo tarde aquel día.

—Anduve dando vueltas pensando en la forma de decirte que iba a necesitar tu patio para meter al *Pelirrojo.*

—¡Como si me tuvieras tanto miedo!

—No era eso. Sabía cómo adoras tus plantas y pedirte que las sacaras me resultaba muy difícil.

—Más que por mis macetas, quería tener el patio desocupado por tu mamá. Acuérdate de que allí Merceditas se ponía a asolearse y cuidar a su nieta mientras la niña jugaba.

—Julia era una pingüica de cinco años pero desde entonces era muy lista y muy atrevida.

—Por eso nos metió el gran susto aquella mañana en que la encontraste montada en el *Pelirrojo* a punto de salirse a la calle.

—Porque tenías la puerta de par en par...

—Ah, sí. Ahora vas a decirme que fue mi culpa. Reconoce que si no hubieras dejado las llaves pegadas ella no habría echado a andar al *Pelirrojo*. Por cierto, ¿cómo se te ocurrió llamarlo así?

—Porque el coche era colorado. (*Hace un gesto de contrariedad.*) *Era...* Sentí feo al decirlo.

—Piensa que ya tenía sus añitos, le tocaba el doble "Hoy no circula" y cada vez podíamos usarlo menos.

—Sería un modelo descontinuado y lo que quieras pero era un súper carrazo. En línea, en carrocería se lleva de calle a los de ahora. Y ¡qué bruto, qué motor! Nunca falló, nunca nos dejó tirados.

—¡Claro que sí!

—¿Cuándo?

II

—Ay, Ángel, aquella vez que quisiste llevarnos a Acapulco. El *Pelirrojo* se descompuso en Tres Marías y allí nos quedamos horas esperando la grúa. Estabas lívido de furia.

—¡Y cómo no! Llevaba meses con la ilusión de sacar al *Pelirrojo* a carretera y que se me descompone cuando ni lo había corrido a cien... Pues ¡claro que estallé! Además, se me hacía muy gacho que nuestros vecinos nos vieran regresar horas después de que salimos de vacaciones, y para colmo ¡remolcados!

—A Julita le encantó que nos jalara la grúa. Se pasó todo el camino riéndose y saludando a las personas que iban en otros coches y volteaban a mirarnos. Más que la descompostura, eso fue lo que te puso de tan mal humor.

—Y tú ¿cómo venías? ¡Furiosa!

—¡Lógico! Primera vez que nos daban vacaciones al mismo tiempo a ti y a mí; primera vez que llevábamos a Merceditas y a la niña al mar y ¡quedarnos en Tres Marías! Ya sé que te va a caer muy gordo lo que voy a decirte, pero recuerda: te pedí mil veces que llevaras el coche a revisión antes de que saliéramos. No me hiciste caso y ya ves lo que pasó.

—¡Claro que lo llevé! Le dieron servicio express porque era un coche más o menos nuevo y no estaba chocado.

—Eso te dijo Isauro para vendértelo, pero no tuviste la precaución de que lo revisara un mecánico.

—Isauro es mi hermano, no iba a desconfiar de él.

—Mira, Ángel, en cuestión de negocios no hay que fiarse de nadie y menos si es de la familia. A mí, la verdad, se me hizo muy raro que te vendiera al *Pelirrojo* tan barato y con tantas facilidades.

—Pero no creas que lo hizo porque el coche estuviera chocado.

—¿Entonces por buen samaritano? ¡Dímelo!

—*Okey*, te lo voy a decir. Un domingo en que Isauro y Karla salieron a lavar al *Pelirrojo* ella encontró debajo del asiento unas pantaletas.

—¿Eran suyas?

—¡Claro que no! De una fulana. Acuérdate que el Isauro entonces era muy carita.

—Eso es lo de menos. Explícame ¿qué tienen que ver las pantaletas con que a Isauro le urgiera venderte el coche?

—Karla pensó que andando en metro o en combi Isauro iba a tener menos oportunidades de ponerle el cuerno.

—¡Pues qué tonta! ¿No sabe que hay hoteles de paso?

—Y aunque no hubiera: cuando a uno se le mete la calentura se las ingenia y ¡rájales!

—¿Lo sabes?

—Tú también. Cuando se desplomó el techo del cuarto que ocupaban mi mamá y Julita las dos se pasaron a dormir con nosotros ¿te acuerdas? Entonces, como ya nos andaba, se nos ocurrió escondernos en el *Pelirrojo*. Todavía me duele la espalda por la pinche palanca de velocidades.

—¡No te quejes! Fueron noches divinas. Te juro que cuando mi suegra y Julita se regresaron a su cuarto me sentí mal y muchas veces hasta tuve la tentación de pedirte que nos acostáramos en el coche.

—¿Y por qué no me lo dijiste?

—¡Por tonta! Ahora me arrepiento porque nunca más haremos el amor metidos en el *Pelirrojo*. Al ver que lo chatarrizaban me pareció que también destruían una época de nuestra vida: cuando estábamos jóvenes, Julita era niña y aún vivía tu madre.

—Al menos me quedó la satisfacción de haberla llevado a pasear más de lo que pudo hacerlo en vida de mi padre.

III

—A don Cipriano no lo conocí pero me has dicho que era muy serio, muy retraído.

—Es que de chico tuvo una vida muy dura. Con mis abuelos trabajaba toda la semana en la carbonería. Nunca supo lo que eran el descanso, el juego, ya no digas unas vacaciones. Si no hubiera sido por mi madre, fíjate lo que te digo, él me hubiese hecho llevar una vida idéntica a la suya.

—Merceditas una vez me contó que don Cipriano se disgustó mucho cuando supo que ella te había inscrito en la secundaria.

—Para él los estudios eran un lujo: otra cosa que le enseñaron mis abuelos. Lástima, porque mi jefe era bien inteligente. Si hubiera pasado de la primaria habría tenido buenos trabajos y la oportunidad de comprarse un coche. Eran su adoración. Me acuerdo que los domingos, cuando salíamos a caminar, se paraba frente a todas las agencias de automóviles. Entonces me parecía que él era un niño frente a una vitrina llena de dulces que no puede comprar. En aquellos momentos yo lo amaba más que nunca.

—¿Llegaste a decírselo?

—No le hubiera gustado. Él veía mal que alguien, sobre todo un hombre, manifestara sus emociones. Otra consecuencia de su educación.

—Nunca me habías hablado tanto de tu padre. ¿Por qué ahora?

—Es que cuando nos pusimos a hablar del *Pelirrojo* sentí como que viajaba hacia atrás y recordé muchas cosas. (*Sonríe con timidez.*) Increíble que un coche, un simple coche, pueda despertarle a uno tantas emociones.

IV

—¿Qué te parece, Ángel? Mañana, por primera vez en nueve años, no me llevarás a mi trabajo en tu dichoso *Pelirrojo*.

—Y al fin llegaré temprano a la fábrica. No sé por qué cada mañana te tardas más en salir.

—Porque tengo que arreglarme, dejar la comida lista, la ropa en la lavadora, el dinero por si llega la pipa. Tú, en cambio, nada más agarras tu chamarra ¡y a la calle!

—Eso me gritaba Julita cuando ya era hora de que la llevara a la escuela: "A la calle, papá; a la calle." Siempre le encantó el estudio.

—No creo. Lo que le fascinaba era subirse al *Pelirrojo* y hacerse las ilusiones de que iba manejándolo.

—Bien chistosa, bien seria, ponía su manita en el volante.

—Y yo sentada atrás, muerta de miedo de que fueras a soltárselo.

—¡Ni que hubiera estado loco! La dejaba tocar el volante para imaginarme que ya era una mujer hecha y derecha. Ahora daría cualquier cosa por verla niña otra vez.

—Y yo porque volviéramos a hacer el amor en nuestro coche-cito rojo.

Las flores blancas

I

ES LUNES. AL ENTRAR EN EL PABELLÓN ANA OYE TOSES, MUR-mullos, fragmentos de las conversaciones en que las pacientes diluyen sus temores y el tedio de la espera. También escucha preguntas: "¿A qué horas me van a bañar?" "¿Pueden subir a verme mis hijos?" "¿Cuándo me harán los estudios?"

—Amanecieron muy preguntonas —responde sonriente la enfermera.

Ana ve corridas las cortinas que aíslan la cama diecinueve. Ese número siempre le recuerda a su primer paciente. Era un niño. Murió. El impacto fue tal que Ana estuvo a punto de renunciar a su profesión. No lo hizo. Sin embargo se alejó del pediátrico y entró en el hospital para mujeres. Ahora confía en que Estéfana se salvará. Lleva dos meses internada y sólo ha recibido las visitas de su hermana Águeda.

La tarde de un domingo la enfermera las sorprendió hablando en voz muy baja. Enseguida guardaron silencio y adoptaron una actitud rígida, ausente. La escena se repitió otras veces, hasta que Ana quiso saber el motivo de aquel comportamiento:

—¿Desconfían de mí?

—No, verás: nosotras hablamos en zapoteco. No queremos que nadie nos oiga para que no se burlen ni nos desprecien.

Ana le dijo que estaba equivocada, nadie podía burlarse de quien hablara un idioma tan bello y musical como el zapoteco. Estéfana la miró sorprendida:

—¿Lo hablas? —Vio que Ana negaba con la cabeza: —Entonces ¿cómo dices...?

Ana se sintió avergonzada y en riesgo de perder la confianza de la paciente que con tantas dificultades había logrado conquistar.

—Porque lo he escuchado en Oaxaca y también aquí algunas veces cuando vienen músicos y artesanos de tu tierra.

—Mi tierra —repitió Estéfana entre suspiros y se puso a entonar una canción en zapoteco. Al terminar se enjugó con disimulo una lágrima: —Mi madre nos las cantaba a mi hermana y a mí cuando nos veía tristes.

—¿De qué habla esa canción?

—De las flores silvestres, blancas, que cubren los cerros de Oaxaca. Son como pedacitos de nubes que se desprenden del cielo y caen a la tierra para disimular su aridez y su pobreza.

—Me gustaría que me enseñaras esa canción —le dijo Ana. —¿Lo harás?

—A lo mejor, un día. —La miró a los ojos con una intensidad que imposibilitaba la mentira: —¿Cuántos más tendré que estar aquí?

—No lo sé. Depende de muchas cosas pero sobre todo de que tú quieras aliviarte.

—¿Y no cuenta lo que ordene Dios?

—Sí, también —le respondió Ana. —Ahora tienes que dormir.

—Ojalá sueñe.

—¿En qué te gustaría soñar?

—Uh, en tantas cosas...

—¿Por ejemplo?

—En las noches perfumadas con el olor de las gardenias que bajamos a vender al zócalo de Oaxaca; en las nubes que coronan los cerros de Tlahuiltoltepec; en que hablo a gritos con mi gente y me río como cuando era niña; en la música, en todo lo de allá, hasta en el sabor del pan que hace Delfina.

—¿Extrañas mucho tu tierra?

—Con decirte que la extrañeza me punza más que todos los dolores. De eso hablo con Águeda. El día en que ella no pueda venir, ¿a quién le diré mis cosas en mi lengua?

—A mí... si quieres. Aunque no comprenda tus palabras entenderé tus sentimientos. —Sonó un timbre en el pasillo: —Tengo que irme. Piensa en lo que te dije, también en que deseo que me enseñes la canción de las flores blancas.

II

Ana descorre la cortina y saluda. Estéfana apenas le responde y no se vuelve a mirarla. La enfermera lee en la hoja de control que su paciente tuvo fiebre. Disimula su inquietud enfatizando el tono jovial:

—¿Cómo te sentiste ayer? ¿Vino Águeda a visitarte? —No obtiene respuesta y no insiste. Coloca el estetoscopio sobre el pecho de Estéfana, que se hunde más en la cama para rehuir el contacto con el metal. —¿Lo sientes muy frío?

Estéfana se agita, entreabre los labios y deja escapar un borbollón de palabras incomprensibles. Repetidas una y otra vez, son como una parvada que vuela sobre el cuerpo de la enferma. Ana le toca la mano:

—¿Puedo saber qué dijiste?

—Mi hermana tuvo que regresarse a Oaxaca. Le avisaron que Rodolfo, el mayor de sus hijos, murió.

—¿Pero de qué?

—No se lo dijeron. Nomás que se murió, eso fue todo.

—¿Qué edad tenía tu sobrino?

—Dieciocho años. A cada rato le decía a su mamá que vendieran sus cuatro borregos para que con el dinero de la venta él pudiera irse a los Estados Unidos. Águeda le contestaba que por ningún motivo iba a deshacerse de su única propiedad. Además, se negaba a darle gusto porque no quería perderlo, como a su padre que también se fue al norte y no regresó, pero ya ves... —Estéfana se vuelve hacia la ventana: —Quizá hubiera sido mejor dejarlo ir, así Águeda viviría con la esperanza de que el muchacho volviera, no que ahora lo tendrá perdido para siempre.

—Lo siento mucho, de verdad... Nunca pude hablar con tu hermana, pero me imagino cómo estará sintiéndose. —Ana advierte la sonrisa de su paciente: —¿No me crees?

—Sí, pero estaba pensando en que cuando está escrito un destino nadie puede cambiarlo: Águeda no quiso vender los borregos para que su hijo Eusebio se fuera y ahora tendrá que hacerlo para enterrarlo. Al final el muchacho hizo su voluntad.

Estéfana suspira resignada, alisa la sábana que la cubre y se pone a cantar muy bajo la canción de las flores blancas.

Fideo seco

I

LLEVO TRES AÑOS EN ESTA ESQUINA ATENDIENDO MI NEGOCIO de comida. Me ha tocado ver a muchos hombres salir despedidos de la fábrica. Antes, en su último día de trabajo, sus compañeros les disparaban la comida: un molito, unos bisteces sancochados, unas flautas; ahora ni siquiera los acompañan a la puerta: temen que sus jefes sospechen que conspiran y los liquiden también.

Los que se van, especialmente quienes llevaban mucho tiempo en La Luminosa, jalados por la fuerza de la costumbre siguen frecuentando el rumbo. Se acercan y me preguntan qué hay de nuevo, cómo va mi salud y leen el periódico mientras llega la hora de que sus ex compañeros salgan a comer.

Les da gusto verse. Recuerdan las hazañas compartidas, el día en que formaron su equipo de futbol; repiten los chistes de siempre pero el ambiente ya no es el mismo: el que se fue, por más que haga la lucha, ya no encaja en el grupo.

Para mí el peor momento es cuando suena la chicharra. Los obreros terminan rápido su comida porque los espera su chamba. Para disimular el dolor de no ser uno de ellos, el desempleado en turno les hace bromas, los califica de matados y bueyes, les dice que el trabajo lo hizo Dios como castigo. Pero nadie responde a sus provocaciones.

Triste como un niño al que le arrebataron sus juguetes, el desempleado se queda conmigo unos minutos y luego me dice ¡qué caray, es tardísimo!, apenas le da tiempo para llegar a la cita con el compadre, el primo, el sobrino, el amigo que prometió presentarlo con alguien que le dará trabajo.

¿Les mentirán también a sus mujeres cuando ellas les pregunten dónde pasaron la mañana? Supongo que sí. Les dirán cualquier cosa menos que volvieron a la fábrica para sentirse como antes, cuando protestaban por las arbitrariedades de los patrones y los abusos de los líderes: cuando eran felices.

II

Los lunes se me carga más el trabajo y para colmo es cuando vienen todos los desempleados: es el día en que puede haber contrataciones eventuales. Llegan desde las siete de la mañana, cuando apenas estoy acomodando las ollas y los platos. Me conocen, saben que me pongo nerviosa si me estorban y se alejan hasta la pared mientras esperan a que les sirva su cafecito y les prepare sus guajolotas. Me preguntan por el menú del día y recuerdan que en sus tiempos de obreros se ilusionaban de pensar que a la hora del almuerzo saldrían a comerse mis tacos de fideo seco que, según ellos, son únicos.

Cuando los veo asoleándose recargados en la pared, me parecen condenados a muerte que esperan el indulto o el tiro de gracia. Por eso los consiento y finjo compartir sus esperanzas de que segurito los llamarán *esta* semana —no recuerdan que me dijeron lo mismo hace tres, cuatro meses— y que al fin encontrarán un empleo donde al jefe de personal no le importe la edad que tengan porque valora su experiencia.

Mientras conversan, los desempleados no apartan la mirada de la fábrica. Supongo que imaginan la actividad que hay en las naves, el estruendo de las máquinas, el olor de los solventes, el ruido de las carretillas, el agua corriendo en el baño y al fondo, la radio que Daniel mantiene encendida todo el tiempo.

Daniel anda por los cincuenta años y sus compañeros lo llaman Cascarita. Ha dejado en la fábrica más de la mitad de su vida y algo de su cuerpo: dos falanges de la mano derecha, el pabellón de la oreja izquierda, un diente, la piel de sus rodillas. Tiene bien puesta la camiseta y asegura que todo se lo debe a La Luminosa y seguirá debiéndoselo después de que lo liquiden —"Toco madera"— porque saldrá a las calles y exhibirá sus mutilaciones a cambio de unas cuantas monedas. No tendrá necesidad de venir a pararse junto a mi negocio para llenar su tiempo hablándome de sus años en la fábrica.

A las doce y media los obreros salen a comer. Los desempleados van a su encuentro, los llaman por sus nombres o sus apodos y les preguntan por qué este lunes no hubo contrataciones eventuales. Las respuestas no cambian: "La situación está cada vez más difícil: acaban de quitarnos las horas extras y el servicio médico; de seguro se viene otro recorte de personal." Para demostrar que no mienten, dicen lo que han oído: "El siguiente en salir es Cascarita."

En son de broma, los desempleados afirman que envidian a Daniel porque tiene trabajo y un seguro de vida —sus mutilaciones— mientras que ellos sólo cuentan con su experiencia inutilizada, sus deseos de echarle ganas y el ansia de experimentar otra vez lo que se siente el día de raya.

Suena la chicharra, hora de volver al trabajo. Los desempleados se acercan a los obreros que aún son sus amigos y les piden que les hagan el paro, que les echen la mano, que les presten una lana para irla pasando. La mayoría no consigue el préstamo porque: "Ya me debes mucho y yo también ando frito."

Cuando los trabajadores desaparecen tras las puertas de La Luminosa los desempleados enrollan sus periódicos y se los meten en el bolsillo posterior del pantalón, se frotan los brazos, lanzan prolongados bostezos. Tantas horas parados les produjeron cansancio, sueño, tedio, ganas de tirarse por allí con una mujer que no sea la suya, no les haga preguntas ni les pida dinero.

Al fin se despiden. Me aseguran que como mis guisados no hay dos, es lo único que realmente extrañan desde que los echaron de La Luminosa; que no saben cuándo regresarán. Me dejan sus teléfonos para que los llame en caso de que se reanuden las contrataciones eventuales.

Los veo alejarse en grupo, hacerse travesuras como si fueran estudiantes, decirles piropos a las muchachas que pasan, separarse en la esquina y antes de tomar por su rumbo o subirse a la micro, lanzarle una última mirada a la fábrica.

III

A las cuatro de la tarde ya no me queda nada de comida y me pongo a levantar mis cosas. El gusto de que voy a ver a mi hija Citlalli se me amarga al pensar en que quizá encontraré a Mauro en la casa. Ya va para tres años sin trabajo —el mismo tiempo que llevo con mi negocio— y a como están las cosas dudo de que encuentre alguno. De por sí ya no es joven, acaba de cumplir treinta y ocho años, pero como se ha dejado tanto se ve mucho mayor. Por desgracia hoy en día cuentan más la juventud y la apariencia que los conocimientos.

Mauro sabe mucho de máquinas de coser. Le entiende a cualquiera, hasta a la más complicada de doce cabezas, pero ¿de qué le sirve si no lo ocupan? Y como ya ni la lucha le hace, pues menos. Para mí eso es lo peor de todo: verlo derrotado, apático, dando vueltas a lo tonto. Me gustaría que reaccionara, no sólo por él mismo sino también por nosotros como pareja.

Andamos mal, peleamos. Se disgusta porque no quiero hacer el amor. Le explico el motivo: termino muerta de cansancio. Él lo interpreta como un reproche y me insulta, me acusa de que ando con otros y dice que no va a soportar que lo ponga en ridículo nada más porque lo mantengo. Le respondo que si tanto le molesta la situación pues que salga a buscar chamba de lo que sea.

Le he propuesto que trabaje conmigo y me sale con que primero muerto que "gato de una pinche fondera". Cuando lo oigo decir eso no puedo controlarme y le echo en cara lo que no quería: "Mejor ser fondera que huevón mantenido." El pleito siempre termina igual: Mauro intenta golpearme, lo amenazo con lo que tenga a mano y él acaba por hacerme una rompedera de platos y largarse. Cuando vuelve, si es que lo hace, regresa ebrio y otra vez arma el escándalo.

He llegado a pensar en que tal vez nuestras cosas se arreglen si cierro mi negocio y dependo otra vez de Mauro: eso lo haría sentirse fuerte, seguro. Citlalli, que ya está acostumbrada a nuestros pleitos, opina que no cometa esa locura y mejor me divorcie de Mauro, al fin que él ya no sirve como padre ni como marido. Me disgusta muchísimo que mi hija diga estas cosas y le recuerdo lo que me enseñaron sus abuelos: "El matrimonio es para toda la vida, en las buenas y en las malas". Citlalli se burla, dice que me ahorre los consejos porque ni loca piensa casarse. No quiere que su vida sea como la que llevamos Mauro y yo: un infierno.

Al otro día, aunque esté muy intranquila por Citlalli y porque Mauro no regresó en toda la noche, me voy a vender mis guisos frente a La Luminosa. Oyendo los problemas de *mis* desempleados olvido los míos y hasta me hago las ilusiones de que esos hombres son menos infelices cuando prueban mis tacos de fideo seco.

La nueva vida

I

ERA SU PRIMER RECORRIDO POR LA NUEVA COLONIA: PARAJE Los Olmos. Claudio sintió la curiosidad de sus vecinos mirándolo desde las ventanas y los quicios. Saberse observado le produjo incomodidad y para desecharla decidió concentrarse en lo que veía a su alrededor.

Las casas bajas con fachadas claras y de una misma altura le permitían una visión amplia del cielo y el horizonte. Esa sola ventaja justificaba su decisión de abandonar el barrio donde había pasado buena parte de su vida. Allí todos lo trataban con una familiaridad que llegó a considerar intromisión.

Si este paseo lo hubiera hecho por sus antiguos rumbos, pensó, de seguro habría tenido que detenerse mil veces a dar explicaciones y respuestas a toda clase de preguntas: desde si pensaba cambiar su coche hasta cuánto le habían dado por su retiro voluntario.

En Paraje Los Olmos nadie lo conocía. Claudio estaba en libertad de permanecer en esa condición al menos por un buen tiempo, o de inventarse una identidad ahora que había empezado una vida nueva. Dos mujeres salieron de una farmacia, él les cedió el paso y alcanzó a oír lo que una de ellas decía en voz alta: "Entonces le dije: mira, por más que uno quiera, nunca puede huir de su pasado."

Claudio trató de imaginarse a quién se habría referido la mujer. Sintió deseos de ir tras ella y escuchar el resto de la conversación pero siguió caminando en línea recta hasta el cruce con una avenida ancha bordeada de olmos. Eran magníficos, una justificación más para haberse mudado a la nueva colonia trazada por urbanistas. Los imaginó, tiempo atrás, parados frente a la maqueta de lo que sería el Paraje Los Olmos, colocando figuras humanas y árboles diminutos en las futuras calles y calzadas.

Se reprochó pensar en esas cosas cuando tenía que resolver problemas inmediatos: ¿cómo iba a organizarse ahora que ya no estaba sujeto a horarios de oficina? Y algo más práctico: ¿dónde iba a conseguir una persona de confianza que le hiciera el aseo dos veces por semana?

II

Esta pregunta lo impulsó a regresar a su nueva casa. Seguiría ordenando sus compactos mientras escuchaba música sin que Pamela le pidiera bajar el volumen porque ella estaba corrigiendo los trabajos de sus alumnos o preparando su clase para el día siguiente.

En Paraje Los Olmos todos ignoraban la existencia de Pamela y su larga relación con ella, así que nadie lamentaría que se hubieran separado. En el barrio, en cambio, a cada paso que daba lo detenían sus vecinos para pedirle noticias de Pame o aconsejarle que no fuera orgulloso y la buscara.

En su nueva colonia podía borrarla junto con todas las personas que contribuyeron a su infelicidad. La palabra "infelicidad" le pareció excesiva. Reconoció que las cosas habrían podido ser mucho peores: que sus padres, en vez de perecer en el accidente, hubieran sobrevivido por años con muerte cerebral; que en lugar de enviarlo a un hospicio lo hubiesen mandado con alguna de sus tías avaras y beatas; que lejos de separarse de Pamela hubiera cometido el error de aferrarse a ella a sabiendas de que ya no lo amaba.

En el breve recuento de su vida celebró en especial haberse mudado del barrio donde tenía que ser el Claudio de siempre. Si alguna vez intentaba salirse de ese esquema allí estaban sus vecinos, listos para recordarle que de niño había llegado al barrio gracias a que la señorita Godínez, directora del hospicio, lo había llevado a su casa en calidad de mozo a cambio de darle techo, alimento y escuela; que su primer trabajo fue de chícharo en una carnicería donde su principal ocupación era ahuyentar a los perros hambrientos; que al baile de Margarita —la muchacha que tanto lo atraía— asistió con un traje prestado: excesivamente brillante para ser de lana y muy austero para un joven de dieciséis años.

Por fortuna todo eso había quedado atrás, como las sillas rotas, el refrigerador enmohecido y los cuadernos de Pamela. ¿Estaría buscándolos? La idea de que ella jamás iba a encontrarlos le produjo la satisfacción de la venganza.

III

Al mudarse a la nueva colonia, Claudio se había hecho el firme propósito de combatir sus hábitos desordenados —otra razón que Pamela adujo para abandonarlo. Sin embargo, a dos semanas de la mudanza se veían por todas partes cajas de cartón, compactos sin estuche, ropas tiradas. Fuera de su sitio, cada uno de esos objetos era la prueba de que Pamela acertó al acusarlo de no tener carácter, su principal defecto, según ella. Se defendió pensando que no siempre había sido débil: tuvo fuerza para mantenerse firme ante el abandono de Pamela y para romper los lazos que lo ataban a su vida pasada. ¿Podía pedírsele más?

Oyó que el repartidor deslizaba el periódico bajo la puerta y fue a recogerlo. Acompañaba al diario un volante: "La Junta de Vecinos se reunirá este domingo a las doce del día en el Jardín de los Ailes. Esperamos contar con tu presencia." Claudio levantó los hombros y murmuró: "Ni loco... y menos en domingo." El sonido de su voz lo sobresaltó.

Desde su llegada a la colonia había pronunciado apenas unas cuantas palabras: las frases indispensables para comunicarse con sus proveedores y saludar a sus vecinos. ¿Qué pensarían de él? Tal vez que era un maniático o un enfermo. En la asamblea de esta mañana podría demostrarles que era todo lo contrario y de paso solicitarles orientación acerca de dónde contratar a una empleada doméstica.

IV

De camino al Jardín de los Ailes Claudio pensó la forma en que iba a presentarse y qué respondería cuando le preguntaran: "¿De dónde viene?" "¿Le gusta nuestra colonia?" "¿A qué se dedica?" "¿Es casado?" Le fascinó la idea de que podía responderles lo que se le antojara, fraguarse un pasado heroico y brillante sin que nadie descubriera sus mentiras.

Desde lejos vio el jardín donde ya estaba reunido un buen número de personas, sobre todo mujeres. Al mirarlas pensó que no sería fácil inventarse en minutos una historia que ocultara su vida real. Lo mejor sería ignorar las preguntas y mostrarse amable.

Antes de que pudiera darse cuenta ya estaba respondiendo a los primeros saludos y frases de bienvenida. Para su tranquilidad nadie intentó hacerle conversación y él fue a sentarse en una banca alejada del equipo de sonido que transmitía una música infame. Lo distrajo una voz femenina: "Perdón, es tardísimo. Mi marido se quedó estacionando el coche."

Claudio reconoció a la mujer: era la que había visto salir de la farmacia durante su primer paseo por la colonia. Decidió esperar la ocasión de aproximarse a ella, pedirle consejo acerca de una empleada doméstica y seguir charlando. Tal vez consiguiera saber a quién se había referido al decir que no podemos huir de nuestro pasado.

"Mario: ¿por qué tardaste tanto?" El grito de la mujer hizo que Claudio se volviera hacia el recién llegado. El hombre, bajo de estatura y vestido con un traje claro, se dirigió al centro del jardín: "Ya es tardecito, así que vamos empezando. Lo primero que me gustaría tratar es el asunto de las cuotas." Escuchó risas, levantó las manos pidiendo silencio y de pronto, con expresión de asombro, señaló hacia la última banca: "Pero si es Martínez Pastrana... Claudio. ¡Increíble! ¡Qué gusto! Déjame darte un abrazo."

Mario abandonó su sitio. Su esposa y el resto de la concurrencia fueron tras él. Al verse rodeado, Claudio se puso de pie y antes de que pudiera evitarlo Mario lo tomó por los hombros y lo miró fijamente: "¿No me recuerdas? Estuvimos juntos en el hospicio. Te perdí la huella desde que la señorita Godínez te llevó a vivir a su casa. Luego me contaron que trabajabas de chícharo en una carnicería. Me hubiera gustado saber la dirección para ir a buscarte. ¿Qué fue de tu vida?"

Indiferente a la cordialidad de su amigo Claudio permaneció en silencio y Mario siguió hablando emocionado: "No te imaginas cuánto admiraba tu fuerza de carácter, sobre todo después de lo que sucedió con Eleazar, el conserje. Supongo lo difícil que habrá sido para ti, cuando eras apenas un chamaco de once años, sostener ante el consejo de patronos que había sido él, y no tú, quien se robó el dinero de los donativos. A Eleazar lo echaron y se quedó en la calle, pero tú te mantuviste inflexible, como todo un hombre. Para eso, la verdad, se necesita mucho carácter. Mis respetos." Por primera vez Claudio lamentó que Pamela no estuviera con él en el Paraje Los Olmos para saber que alguien en el mundo lo admiraba por su firmeza de carácter.

Los invasores

I

EL TIMBRE DE LA CASA Y EL TELÉFONO SUENAN AL MISMO tiempo. Ligia no los atiende: permanece ante la copiadora que toda la mañana ha estado arrojando páginas sucias y borrosas. Guiada por la superstición, piensa que si se aleja, la máquina volverá a fallar. Los timbres siguen sonando. Una vecina le informa que va a salir y en cuanto regrese pasará a recoger las copias que le urgen a su marido. Irritada por los repiqueteos, de paso a la puerta, Ligia descuelga el teléfono y habla sin saber a quién se dirige:

—Un momentito por favor, están tocando.

Abre la puerta y ve a una muchacha de cabello tricolor que enarbola un catálogo de cosméticos:

—Soy agente de Bella-Yur. Acaba de salir nuestra línea de otoño. ¿Me permitiría mostrársela?

—Discúlpeme, no me interesa. —Por amabilidad, Ligia señala hacia el teléfono descolgado: —Además, tengo que contestar.

—Pues vaya. Yo la espero y de una vez saco las muestras que voy a regalarle sin compromiso.

—No las desperdicie: no uso maquillaje porque me irrita la piel.

—No se preocupe: nuestros productos son completamente naturales y además tienen colágeno: reafirman, sobre todo, el cuello y la papada. ¿Quiere que le haga una demostración?

Ligia niega con la cabeza y cierra la puerta, pero alcanza a oír el insulto de la muchacha: "Pinche vieja sangrona". Si no fuera porque tiene la copiadora encendida y el teléfono descolgado...

II

—Bueno ¿quién habla?

—Leonel Martínez, servidor.

Ligia no reconoce el nombre y apenas puede contener su impaciencia:

—Está equivocado.

—No. Sé que estoy llamando al... —El hombre repite el número telefónico de Ligia. —¿Es correcto?

—Sí, pero ¿a quién busca?

—A usted. Quiero comunicarle que nuestro banco ha decidido ampliarle su crédito en un veinte por ciento.

—¿Cuál crédito?

—El de su tarjeta. A partir de ahora usted podrá disponer de una cantidad adicional que le permitirá hacer mayores adquisiciones. —Suelta una risita: —Y como ya se acerca la Navidad...

—Oiga, perdone ¿quién le dio mi número?

—En nuestra institución disponemos de una cartera con los nombres de clientes que nunca han sido boletinados y por lo tanto merecen nuevos beneficios.

—Mire, señor...

—Leonel Martínez, a sus órdenes.

—Le agradezco su oferta pero no pienso aprovecharla.

—¿Podría explicarme la razón?

—Lo siento, ahora no tengo tiempo. Déjeme su teléfono y en cuanto me desocupe lo llamo.

—Nuestra política prohíbe que los clientes se comuniquen con los ejecutivos.

—¿Dónde están sus oficinas?

—Nosotros trabajamos con una central inteligente para la institución en su conjunto; es decir, para las mil trescientas sucursales que tenemos en toda la República y estamos por abrir otras nueve.

—Los felicito. Y ahora me disculpa: tengo que trabajar.

—Yo también y es lo que estoy haciendo, así que por favor déjeme hablar.

—Pero si no ha hecho otra cosa.

—No se burle: en *eso* consiste mi tarea y quiero hacerla lo mejor posible.

—Pues hágala con otra persona porque a mí su oferta no me interesa.

—Ya me lo dijo pero no me ha explicado por qué.

—Usted parece que no oye. Voy a colgar.

—Volveré a marcarle.

—Entonces llamaré a la policía, se lo advierto.

—Oiga ¿por qué se pone tan nerviosa?

—Porque no me gusta que un desconocido llame a mi casa y quiera obligarme a contratar servicios bancarios que no me interesan.

—Lo entiendo, pero si me permite desglosarle nuestro programa verá que le conviene. Sin ir más lejos: mañana mismo ya no tendrá que limitarse a un crédito de ocho mil pesos.

—Ahórrese sus explicaciones. A nosotros no nos gusta usar la tarjeta de crédito porque luego gastamos de más.

—Todo el mundo lo hace.

—Que lo hagan ésa es cosa suya. Y ya no puedo seguir atendiéndolo: mi copiadora se calienta y además estoy gastando luz inútilmente.

—¿Tiene negocio de papelería?

III

Ligia no responde. Teme que el supuesto agente bancario pueda ser un empleado del fisco y ella aún no se registra en Hacienda. Tampoco lo han hecho sus vecinas que, para compensarse del desempleo, establecieron talleres o misceláneas en sus casas. No resiste más, cuelga el teléfono y se dispone a trabajar. Lleva toda la mañana luchando con la copiadora y sus ganancias no pasarán de treinta y cinco pesos. El timbre del teléfono la sobresalta otra vez.

—Mejor no contesto —murmura. —Puede ser el fulano del banco. Ay Dios Santo, ¿y si de veras es, como pienso, un inspector de Hacienda? Sabe mi número y a lo mejor también mi dirección. Qué tal que se me aparece y ve mi copiadora. Está grandísima y no hay dónde esconderla. Podría subirla al cuartito de la azotea, pero lo tengo lleno de tiliches y puede que ni quepa.

Al fondo de su murmullo sigue sonando el timbre del teléfono. Exasperada se lanza a contestar en actitud violenta:

—Mire, Leonel: no vuelva a molestarme con sus llamadas. No quiero tener compromisos con nadie y menos a espaldas de mi marido, así que por favor...

—Estuviste ocupando el teléfono veinte minutos. ¿Quién es Leonel? —Ligia no puede contestarle a su marido porque él sigue presionándola: —¿Por qué le dijiste que no quieres tener compromisos y menos a mis espaldas?

—Sólo me faltaba que te pusieras celoso.

—Sabes que no lo soy, pero imagínate lo que siento al saber que mientras me chingo en el trabajo tú te la pasas hablando horas con *Leonel*.

—Pero si ni lo conozco.

—¿Y cómo sabes su nombre?

—Pues porque me lo dijo.

—Entonces sí lo conoces.

—Por teléfono. Él me llamó.

—¿Cómo supo tu número?

—Se lo dieron en el banco. Allá tienen un directorio con los nombres de los clientes cumplidos y entre ellos está el mío.

—¿Y qué chingaos tiene que ver eso con que se queden platicando veinte minutos en el teléfono?

—Ay Federico, no seas ridículo. No estuvimos *platicando*. Nada más él hablaba: a fuerza quería que aceptáramos una ampliación de nuestro crédito.

—¿Aceptáramos? Te lo ofreció a ti, no a mí.

—Pues porque no estás en la casa y yo contesté. Además, cancelaste tu tarjeta.

—Deberías hacer lo mismo. Ya te conozco: en Navidad te pones espléndida, les regalas a tus hijos cuanta porquería encuentras y luego vienen los problemas.

—Para qué discutimos eso ahora: faltan siglos para la Navidad.

—Ni tanto: después de las fiestas patrias las semanas se van como agua.

—Olvídalo y dime ¿qué hago si el tipo vuelve a llamarme?

—Pues no le contestas o de plano dejas descolgado un rato.

—¿Y si eres tú?

—Llamo y cuelgo tres veces seguidas. A la cuarta, si oyes que te digo "Chata", pues ya respondes.

—No exageres, pareces espía. ¿A qué hora vienes? Ay, están tocando. Tengo miedo de que sea el fulano ese, Leonel, y de que no trabaje en el banco sino en Hacienda.

—No te muevas, no hagas nada. Voy para allá.

Ligia cuelga. Mantiene contenida la respiración hasta que escucha la voz de su vecina. Abre la puerta y se disculpa:

—¿Qué cree? Todavía no le tengo sus copias. Me atrasé porque primero vino una vendedora y después me llamó un tipo del banco ofreciéndome quién sabe qué tanto. ¿Me espera? Ya nada más me faltan cuarenta páginas.

—No. Devuélvame mi libro para que se lo lleve a Nico: él me hará las copias en un minuto; si se las pedí a usted fue por ayudarla.

Ligia cierra la puerta pero alcanza a escuchar el comentario de su vecina: "Ésta es de las que buscan trabajo pidiéndole a Dios no hallarlo. Y luego se andan quejando de estar pobres."

Renglones cortitos

I

EN OCTUBRE, CUANDO RECORREN LAS CALLES LOS VENDEDO-res de gardenias, pienso en Ubaldo. Fue el último encargado del pequeño estacionamiento que teníamos en la imprenta: maquinaria antigua, olor a tinta, resmas de papeles variados. El sonido metálico de las dos prensas mezclaba aquellos elementos para convertirlos en invitaciones, bolos, anuncios, promociones, esquelas, tesis y muy de vez en cuando tirajes brevísimos de poemarios de los que conservábamos siempre un ejemplar: *Mi honda tristeza, En el jardín de mi amada, Las cosas que callé, Por mi desolación...*

Sentado en una cubeta, con la franela al hombro Ubaldo, en sus minutos de descanso, leía los poemas guiándose con el índice derecho. Una vez el patrón le preguntó por qué le gustaba leer *esas cosas* y él le contestó: "Los renglones son cortitos y me canso menos de los ojos." "¿Y les entiendes?, continuó el patrón. "Eso sí no sé, *pa'* que vea, pero siento bonito."

A partir de ese momento mi simpatía por Ubaldo aumentó, lo mismo que mi interés por saber algo de su vida. No fue difícil conseguirlo. Originario de Oaxaca, muy niño perdió a su madre y desde adolescente se convirtió en el único sostén de su padre enfermo. Le había prometido no abandonarlo hasta la hora en que tuviese que cerrarle los ojos. En su familia, precisó Ubaldo, ésa era obligación de las mujeres; pero en vista de que no había tenido hermanas aceptaba como un deber sagrado, casi como un honor, la encomienda de su padre: Saulo Mireles.

En aras de ese encargo, mientras su padre viviera Ubaldo estaba decidido a renunciar a toda posibilidad de matrimonio y a su proyecto de irse a los Estados Unidos. La mayor parte de sus coterráneos tomaban la Ciudad de México sólo como un trampolín para saltar al otro lado.

Nunca, ni en las pocas ocasiones en que lo vi borracho, Ubaldo manifestó urgencia por liberarse de su padre. Al contrario, quería que don Saulo viviera tantos años como para que fuese el padre quien le cerrara los ojos a su hijo.

II

Ubaldo no siguió el oficio de albañil porque don Saulo se lo prohibió: no quería que su único hijo fuera a caer desde lo alto de un edificio de cinco pisos y quedar inmovilizado del brazo y la pierna; tampoco que padeciera los dolores que a él lo acometían a todas horas, en especial durante la época de lluvias.

A cambio de esa restricción, don Saulo lo dejó en libertad frente al resto de las ocupaciones: "Haz lo que te dé la gana, siempre y cuando sea algo que te permita mantenerte con los pies en la tierra." Ubaldo encontró la forma de complacer a su padre trabajando como machetero, anunciante de electrodomésticos, suajista, cuidador de coches.

Lo conocí cuando vendía rosas envueltas en papel celofán y adornadas con un lazo: "Para la novia, para la jefecita." En octubre las sustituyó por ramilletes de gardenias traídas de Fortín: el lugar donde había nacido su madre.

Aunque sabía que no íbamos a comprarle sus flores, Ubaldo llegaba con frecuencia a la imprenta. Una tarde su aparición coincidió con el momento en que El Charrasco era despedido: el patrón lo descubrió platicando con un raterillo de autopartes y le perdió la confianza. Envuelto en el aroma de las gardenias, Ubaldo se acercó a preguntarme si habría *chance* de convertirse en encargado del estacionamiento. Lo consulté con el patrón y él accedió, sobre todo para demostrarle al Charrasco que era no era imprescindible.

En todo el tiempo que Ubaldo trabajó con nosotros jamás golpeó un coche ni se le perdió nada. Los sábados, cuando teníamos más trabajo, nos ayudaba a cargar bultos y a repartir pedidos, siempre y cuando no hubieran dado las dos de la tarde. A esa hora se iba: su padre lo esperaba para irse a pasear por alguna de las calles en donde estaban las casas y edificios que él había ayudado a construir.

En cuanto se sintió seguro en el trabajo, Ubaldo decidió satisfacer la ilusión de su padre: comprarle un terrenito. Dedicaban los domingos a buscarlo por diferentes rumbos hasta que encontraron uno al gusto de don Saulo. Le pregunté dónde quedaba: "En San Isidro. Es un poquito más grande que los otros del mismo predio y me va a costar más caro. No le hace, con tal de que mi padre esté cómodo hago lo que sea. Lo bueno es que un amigo suyo va a encargarse de la obra. Dijo que me dará buen precio y en abonos."

Los lunes Ubaldo me ponía al tanto de los avances en la construcción. Cuando al fin estuvo terminada quise saber cuándo se mudarían. "Yo no me cambiaré, sólo mi padre. Ojalá no se vaya pronto."

La explicación hizo que imaginara una crisis familiar: de seguro Ubaldo había encontrado una novia con quien pensaba casarse y su padre, acostumbrado a convivir sólo con él, había preferido irse a su nueva casa antes que soportar la presencia de una extraña. Como ése era un asunto muy privado, decidí no hacerle más preguntas.

IV

Muy poco tiempo después, un sábado Ubaldo llamó al patrón para avisarle que no iría a trabajar: su padre acababa de morir. Tomé la bocina: "Quiero acompañarte. ¿En qué funeraria están?" "En ninguna. Voy a velarlo aquí." Me dio la dirección y en cuanto terminé de trabajar me fui para La Perla, en Ciudad Neza. Cuando vi la casa que alquilaban, apenas una obra negra, pensé en que don Saulo jamás iba a ocupar aquella que con tantos trabajos seguiría pagando su hijo.

Ubaldo salió a recibirme y me llevó hasta el sitio en donde estaba su padre: "¿Quiere verlo?" Sin esperar mi respuesta levantó la tapa del ataúd y bajo el cristal miré el rostro sereno de don Saulo. El cabello, las cejas y el bigote cenizos lo hacían parecer personaje de una película infantil.

Su expresión tranquila era prueba de que don Saulo no había sufrido en su última hora. Para aligerarle el dolor de la pérdida, se lo comenté a Ubaldo y él acarició el cristal: "Se fue contento, satisfecho de haber logrado su sueño de tener una casa. Él, que construyó tantas, se merecía por lo menos tener una propia, aunque fuera la última. Está bonita: toda cubierta de mosaicos por dentro y con su reja alrededor. No es muy amplia: apenas mide dos por dos, pero es de las tumbas más grandes que hay en el cementerio de San Isidro."

La expresión de felicidad con que Ubaldo contemplaba a su padre me hizo recordarlo sentado en la cubeta, con la franela echada al hombro, leyendo los "renglones cortitos" de los poemarios. Me quedé con algunos cuando el patrón cerró la imprenta. Si supiera en dónde vive Ubaldo se los enviaría a los Estados Unidos.

La memoria del agua

I

A FINALES DE SEPTIEMBRE AURORITA NOS DEJÓ LA LLAVE DEL cuarto que alquila en la azotea y dos encargos: cuidar su máquina de coser y explicarles a sus clientas que motivos de fuerza mayor la obligaban a regresar a Villahermosa. No quería que la tomaran como una de esas trabajadoras irresponsables que desaparecen de la noche a la mañana.

El tiempo que Aurorita iba a estar ausente dependía de la forma en que ocurriese el reencuentro con sus hermanos: Pedro y Salvador. Llevaban más de treinta años sin verse y el contacto, primero por carta y después por teléfono, había sido esporádico.

La reunión fue idea de Pedro. El 3 de octubre iba a cumplir setenta años. Pensó en celebrarlos con lo que aún quedaba de su familia, recorriendo los lugares y recuperando los sabores de su infancia sombreada por las ceibas y los árboles de pan. Para evitar confusiones decidieron reunirse en el Parque de la Venta. A ella le hubiera gustado que se encontraran en la casa de un familiar o por lo menos de algún conocido, pero los que no estaban lejos de Villahermosa habían muerto.

Para hospedarse Aurorita eligió un hotel en la parte antigua de la ciudad. La recordaba con edificios bajos, de ladrillo reverdecido por el musgo a causa de las eternas lluvias. Esa zona debió significar para ella algo muy importante porque al mencionarla sus ojos se iluminaron con una luz extraña.

En el proyecto de aquel reencuentro había muchas incertidumbres. Sin embargo algo muy concreto preocupaba a Aurorita: los mosquitos. Se levantó las mangas del suéter para mostrarme los lugares en donde le habían dejado marcas los chaquistes: demonios irrefrenables en su avidez por clavar su aguijón.

Por lo que había leído en periódicos y revistas, Aurorita estaba enterada de que los moscos, verdadero azote de la humanidad, han desarrollado magníficas defensas contra insecticidas y repelentes. De modo que emprendería el viaje como una beata camino del martirio.

Aurorita prometió comunicarse en cuanto tuviera datos concretos acerca de su estancia y su paradero. No lo hizo y, dada la reciente tragedia en Tabasco, tal vez nunca lo haga. Aun así, conservo la esperanza de que algún día vuelva para contarnos cómo fue el reencuentro con sus hermanos. Por lo pronto, me gustaría tener manera de avisarle que su cuarto está en orden, su máquina sigue cubierta con la funda de cretona y en el rincón en donde la dejó. Algo más: cuando escucho el zumbido de los mosquitos recuerdo su voz la tarde en que nos despedimos.

II

Tengo una superstición: hablar de Aurorita en presente para creer que nada malo le sucedió, que en medio del desastre se mantiene junto a sus hermanos y lucha por encontrar, bajo las aguas crueles y memoriosas, vestigios de otras vidas y el mundo de su infancia.

Abordó el tema sólo una vez, sin detallarlo, poco antes de su regreso a Villahermosa. Nunca antes se había referido a su historia personal. Yo ignoraba que tuviera dos hermanos: Pedro, que por cuestiones de salud vivía en Veracruz, y Salvador, anclado en un negocio de mariscos en Tampico.

De ellos no alcanzó a decirme nada más y prometió que al regresar del viaje me mostraría sus retratos. Le pregunté en dónde los guardaba porque jamás vi ninguno las muchas veces que entré en su cuarto para encargarle una compostura. Aurorita me aclaró que los tenía en unas cajas para evitar que el sol los afectara. Sobre todo temía el daño que pudiera causarles la humedad de las paredes.

En esos retratos —me dijo— aparecían los tres juntos, en los buenos tiempos en que las inundaciones eran motivo de diversión para los niños. Indiferentes al peligro y a la inquietud de sus padres, para ellos las tormentas y las crecidas de los ríos significaban ausentarse de la escuela, huir de las rutinas, imaginarse que los muebles flotando en el agua eran barcos y vivir aventuras de náufragos mientras permanecían subidos en los techos de sus casas.

En una de aquellas inundaciones tuvieron la experiencia más amarga: desde la rama del árbol donde se habían refugiado vieron a *Valdo*, su perro blanco, flotar en una mesa que arrastró la corriente sin que ellos pudieran evitarlo. Según Aurorita, lo peor de aquella escena había sido el silencio del animal que se tambaleaba sin gemir y sin dejar de mirarlos mientras ellos le gritaban: "¡Salta, salta! Tú sabes nadar."

III

Para Aurorita "los buenos tiempos" incluían la época en que entró en una academia de corte y confección y sus hermanos a un taller de marimbas. Entonces ella no pensaba en la muerte de sus padres y mucho menos en que el río iba a terminar por seducir a Pedro y a Salvador para llevárselos hacia una vida nueva.

En aquel momento comprendió lo que es la soledad. Era tanta y le parecía tan grande el silencio de la casa —me dijo Aurorita— que llegó a bendecir el zumbido de los mosquitos. Dudaba de considerarlos con semejante benevolencia ahora que, después de tantos años, volvería a su tierra para reencontrarse con sus hermanos y hacer las paces con el río.

Avergonzada, me confesó que durante años había odiado al Grijalva por considerarlo responsable de la separación de sus hermanos y el desorden en su vida; que muchas veces había frecuentado sus márgenes para maldecirlo y arrojarle basura. Era el momento de reconciliarse con el río al que sus abuelos y sus padres consideraban un ancestro venerable.

Aurorita prometió tomarse muchas fotografías con sus hermanos junto al Grijalva. Si logró hacerlo y estuvo en condiciones de conservarlas, supongo que acabará metiéndolas en las cajas donde permanecen guardadas, a salvo de la luz y la humedad, las fotos que le recuerdan los felices tiempos en que ella no imaginaba la muerte de sus padres, el alejamiento de sus hermanos, la desaparición de bosques y manglares, y mucho menos la renovada furia del agua.

IV

En el remoto caso de que Aurorita llegara a leer esta página quiero decirle que desde que empezó la tragedia en Tabasco miro estremecida las imágenes del desastre que aparecen en la televisión y en los periódicos. Cada vez que veo a grupos de personas que hundidas en el agua o desde los techos claman justicia, procuro descubrirla entre los sobrevivientes. Hasta el momento mis esfuerzos han sido inútiles.

También son estremecedoras las imágenes de los animales muertos o abandonados. La otra noche vi la de un perro blanco tambaleándose sobre una mesa que es arrastrada por la corriente. Lo peor de todo era el silencio del animal y su indefensión ante el desastre. Si Aurorita vio la escena de seguro habrá recordado a *Valdo*.

Anoche subí al cuarto de Aurorita. Al ver su máquina pensé en la muchas personas que en Tabasco se resisten a abandonar sus casas por temor a perder los objetos que forman parte de su vida y les recuerdan —como a mi amiga— los buenos tiempos antes de que las aguas expresaran su furia.

El canto de los libros

I

A LOS QUINCE DÍAS DE TRABAJAR AQUÍ TUVE MI PRIMERA reunión con los patronos. El tema principal: reducir los gastos del asilo. Les demostré que ahorrar era imposible: gastábamos lo mínimo. Amalia, que siempre ha querido mi puesto de administradora, encontró una oportunidad para lucirse: "Llevo más tiempo que tú aquí. Conozco el funcionamiento de la institución y siento decir que no estoy de acuerdo contigo: si cerramos la biblioteca podremos despedir al bibliotecario y ahorrarnos su sueldo."

La medida significaba una reducción insignificante del presupuesto. Sugerí que buscáramos otro camino. Amalia saboteó mi propuesta con un argumento definitivo: "No los conoces: los viejos son analfabetos. ¿Qué pueden significar los libros para ellos? ¡Nada!" La desmentí. Me había dado cuenta de que los ancianos iban mucho a la biblioteca. "Sí, pero a dormir. Para eso tienen sus cuartos."

Algo me dijo que debía oponerme al proyecto de Amalia. Pedí autorización para hacerles un examen a los viejos. Si mi compañera estaba en lo cierto, yo aceptaría el cierre de la biblioteca.

II

Los viejos no eran analfabetos. A la segunda clase me di cuenta de que muchos son capaces de escribir y hasta con muy buena letra. La falta de práctica los hizo olvidar sus conocimientos, pero fue suficiente con estimularlos un poco para que los recuperaran. Los hubiera usted visto sentados en derredor de la mesa, mostrándose unos a otros sus cuadernos: "¡Me salió una *ye*", "¡Miren mi *ele*!", "¿Qué les parece mi *doble u*?"

Angelita es la que tiene mejor letra. Le costó trabajo recordar cómo se escribe la "a" mayúscula y se tardó mucho tiempo en dibujarla. Ella fue a la primaria en una época en que la caligrafía era una filigrana. Le puso tantos garigoleos a la "a" que era difícil reconocerla.

A fuerza de ejercitarse Angelita ya domina todo el alfabeto y podrá cumplir su sueño: copiar su libro predilecto, *Corazón. Diario de un niño.* Le hice una broma: "Pasa media hora adornando cada letra. ¿Se imagina cuánto se tardará copiando el libro entero?"

Mi comentario les causó mucha risa a los viejos. El esfuerzo los agotó y a los cinco minutos se quedaron dormidos en sus sillas. La única que permaneció despierta fue Angelita. Cosa rara, lloraba. Le pregunté el motivo y me dijo que era de tristeza: cuando terminara de copiar *Corazón* sería la única habitante del asilo y ya sin nadie a quién mostrarle su trabajo. Me arrepentí de haberle hecho la broma y para quitarle la preocupación le sugerí simplificar la letra.

III

Todo lo que hay aquí es donado por personas generosas o que simplemente quieren deshacerse de estorbos. Con decirle que Mario —ya lo conoce, es el señor del bigote arriscado— duerme en una cuna gigante que nos obsequió un coleccionista de juguetes. Montó sus piezas en un museo y como no hubo lugar para la cuna nos la mandó.

Enseguida se la destinamos a Mario. Con el tiempo se ha vuelto tan pequeño como un niño de seis años. Pero ¿sabe cuántos cumplirá este domingo? Noventa. Está orgulloso de no necesitar lentes. Mario sí es analfabeto. Ni siquiera conoce las letras. Sus padres no lo dejaron aprenderlas y él no sabe las razones. Vive arrepentido porque mientras pudo preguntárselas no lo hizo. Él seguirá ignorándolas lo poco que le resta de vida.

A pesar de su analfabetismo, Mario es el que se pasa más tiempo en la biblioteca. No cuenta con muchos volúmenes pero están encuadernados en piel color vino y huelen raro, entre a sándalo y a jazmín. Ese perfume atrae a Mario. Asegura que el olor le recuerda a alguien pero no sabe quién puede ser. Debería verlo con los ojos cerrados, la nariz metida en un libro y golpeándose la sien mientras se repite: "Aquí te tengo pero no sé quién eres. Acércate un poco más. Deja que te vea antes de que todo termine."

El otro día le pregunté a Mario qué hará cuando no le quede ningún libro por oler. "¡Morirme! Uno se acaba al perder el último recuerdo." También lo creo. La búsqueda de su memoria entre las páginas de los libros perfumados es su única razón para vivir.

IV

Tulio y Margarita son pareja. Aquí se conocieron y se casaron. Él es débil visual y ya casi no puede leer; ella padece artritis y le resulta imposible escribir. No han faltado ni a una sola clase. Saben que eso les da el derecho de asistir a la biblioteca incluso los domingos. Comparten la banca junto a la ventana. Ella lee en voz alta para su esposo: a él le fascinan las biografías. Tulio, a cambio de ese favor, manuscribe las cartas que Margarita selecciona en su libro predilecto: *Correspondencia íntima de los grandes amantes*. Luego Tulio las coloca bajo la almohada de su mujer como si en realidad él fuera el autor y las hubiese escrito para ella.

V

Mariano es otro caso. Me ha confesado que nunca le gustó ir a la escuela y sólo asiste a mis clases porque si no le prohibiré ver los libros de mapas que hay en la biblioteca. Le fascinan. Se pasa horas mirándolos. Siente que así recorre los continentes, navega, cruza desiertos, explora selvas. A las horas de comida siempre es el último en presentarse. Justifica el retraso diciendo que acaba de regresar de un viaje.

Sus compañeros le siguen la corriente. Anoche que Mariano llegó tarde a la cena Angelita le hizo una broma: "Veo que acaba de volver de algún desierto porque trae la ropa salpicada de arena. Sacúdase un poco allá afuera porque si no acabará ensuciándonos a todos."

Mariano aceptó el consejo. Cuando volvió, Tulio le preguntó a dónde sería su siguiente viaje. Como siempre Mariano no contestó. Le insistimos aunque sabemos el motivo de su silencio: no quiere que la muerte sepa dónde podrá encontrarlo *mañana*.

VI

Aquí los problemas de dinero son cosa de todos los días. Cuando los menciono, Amanda aprovecha para recriminarme el no haber permitido el cierre de la biblioteca. Por mi obstinación tenemos que seguir pagándole su sueldo a Félix.

Amanda lo considera un simple "sacudelibros" y dice que cualquiera puede hacer ese trabajo. Sé que Félix no es un bibliotecario ni mucho menos, pero dudo de que haya nadie que cuide los libros con tanto amor y por razones tan especiales. Como ya sabe que el papel está hecho de madera, piensa que tal vez las páginas de nuestros volúmenes contengan el tronco y las ramas de los árboles que había en su tierra.

Ahora se le ha metido en la cabeza una ocurrencia todavía más rara. Félix asegura que lo que vemos en las páginas no son letras sino pájaros; apenas abrimos un libro se ponen a *cantarnos* las historias que hay en él, y cuando lo cerramos, empieza su noche.

Félix presiente que su muerte está cerca y ya lo dispuso todo para ese momento. Quiere que antes de llevarlo al cementerio lo traigamos a la biblioteca y todos los ancianos elijan un volumen y lo abran. De ese modo lo acompañará durante su último viaje el coro de los pájaros que anidan en los libros.

Podría contarle muchas otras historias como éstas. El problema que tuvimos con la biblioteca me permitió acercarme a los viejos y escucharlos. Ahora, cuando los veo sentados, pienso que cada uno de ellos es un libro lleno de relatos fantásticos escritos al paso de su larga travesía.

Cartas del norte

I

PARA MI FAMILIA, EMIGRANTE DEL CAMPO A LA CIUDAD, LAS cartas siempre tuvieron un valor extraordinario. Separados de nuestro medio, atónitos ante la metrópoli, confundidos entre las decenas de habitantes de la vecindad adonde llegamos a vivir, la correspondencia de mi abuela era nuestro único soporte, la tabla de salvación, la constancia de que existíamos.

A media mañana el cartero se anunciaba con su silbato. Entre el alboroto de los perros, salíamos al zaguán ansiosos de recibir uno de aquellos sobrecitos con el nombre de mi padre, acompañado de una línea que hoy resulta sexista: "y señora".

Aunque deseábamos conocer el mensaje de mi abuela teníamos que esperar a que mi padre regresara a la casa porque a él, como destinatario principal, le correspondía la primera lectura. El papel rayado en que estaba escrita la carta era como un bastidor por donde iban entretejiéndose los hilos de la vida que habíamos dejado atrás.

Mientras desdoblaba la carta observábamos a mi padre con la avidez del espectador que espera el momento en que se descorra el telón y aparezcan los actores que van a transportarlo a otro mundo, otra vida, otro tiempo. En silencio escuchábamos la lectura de las cartas que tenían un principio invariable: "Espero que al recibir la presente se encuentren bien de salud, como nosotros por acá, a. D. g. De novedades les cuento que…"

Allí comenzaba el inventario de hechos minúsculos que para nosotros eran de la mayor importancia: la compra de un animal, los preparativos para una fiesta, un viaje a San Luis Potosí para consultar al médico, una lluvia inesperada, la visita de un forastero, un simple rumor.

Las referencias eran tan breves como las vistas que tiene el viajero cuando mira el paisaje por la ventanilla del tren; sin embargo, sumadas a los recuerdos, nos permitían reconstruir nuestro mundo, incorporarnos a su ritmo, dialogar a distancia con nuestros conocidos, sentirnos todavía en nuestra tierra: su olor impregnaba el papel y allí volvíamos a encontrar nuestras raíces.

II

Ignoro el motivo, pero las cartas sólo abarcaban el anverso de una hoja —excepto cuando aludían a fallecimientos, raptos o aclaraciones de malentendidos— y terminaban siempre con la misma fórmula: "Sin más por el momento y en espera de sus prontas noticias, se despide quien implora para ustedes todas las bendiciones de Dios." Esa frase nos devolvía a nuestra realidad.

Durante un buen rato, igual que los espectadores de una obra teatral o una película, comentábamos las noticias enviadas por la abuela: sabia en todo lo relacionado con la tierra y la crianza de animales, nunca aprendió a escribir. Dictaba la correspondencia a alguna de sus seis hijas. Por eso los mensajes tenían el ritmo de una conversación.

Obedientes a la súplica de pronta respuesta, mi madre era la encargada de referirle a la abuela nuestras novedades: un paseo hasta la Villa, una ida al cine, un escándalo en la vecindad, nuestros progresos en la escuela, las dificultades económicas, la visita al Monte de Piedad, las amenazas de desalojo, la desesperación de mi padre ante el hecho de no encontrar empleo.

Sin estudios, campesino de toda la vida, habituado a sus jornadas al aire libre y a no tener patrones, sus esfuerzos resultaban siempre inútiles. La frustración lo conducía a la ebriedad, al arrepentimiento, la penitencia y otra vez a la búsqueda. En sus delirios alcohólicos hablaba de su eterno sueño: volver al pueblo, al campo, a trabajar la tierra; en sus conversaciones se refería al ansia por vencer las asperezas y la cerrazón de la ciudad.

Un vecino, carnicero de oficio, le comentó que estaban dando permisos temporales para trabajar en los Estados Unidos y le sugirió que se fueran juntos. Acorralado por la miseria y por las deudas, mi padre aceptó la invitación. Sin conocer el idioma, sin dinero, sin ropa adecuada, emprendió el viaje hacia Chicago, donde había probabilidades de trabajar en una armadora de automóviles. Fuimos a despedirlo a Buenavista, la estación por donde habíamos llegado del pueblo, y allí mi madre hizo un último intento para convencerlo de renunciar a sus planes. Él sólo prometió que le escribiría.

El tren a Laredo se detenía unos minutos en la estación de mi pueblo. Mi padre le entregó una carta al administrador, antiguo conocido, y le pidió que nos la enviara a la Ciudad de México. Hasta la fecha ignoro el contenido de aquel primer mensaje porque mi madre nunca nos lo leyó. Imagino que aludía a su vida en común, su intimidad, sus temores ante lo desconocido, la ilusión del reencuentro: todo eso pudo caber en una sencilla hoja de papel metida en un sobre.

III

La estancia de mi padre en Chicago fue breve. Cada semana recibíamos una carta suya. Empezaba con la fórmula usada por mi abuela y también aludía a insignificancias. Para nosotros eran valiosísimas porque nos permitían imaginarlo en un ambiente desconocido y acompañarlo en sus difíciles aventuras, compartir su asombro ante el "confort" simbolizado por la calefacción y los elevadores;

adueñarnos de su felicidad casi infantil cuando descubrió que en las cafeterías se obsequiaban donas a los parroquianos.

Esa generosidad no fue obstáculo para que mi padre se quejara de la comida. "Me sabe a trapo", escribía, y enseguida manifestaba su ilusión de probar algún platillo hecho por mi madre, donde se mezclaran los sabores del chile y del maíz. A través de la referencia él volvía a sentirse en casa y nosotros, al leerla, experimentábamos la sensación de que seguíamos compartiendo su mesa.

Entre una carta y otra nos mandaba postales. Impresas en una cartulina entramada como una tela de cuadrillé, muy coloridas, mostraban jardines, edificios importantes, calles invariablemente arboladas y húmedas. Nos gustaba imaginar que mi padre había pasado por allí rumbo a la oficina de correos para enviarnos la postal.

Mi abuela también recibía noticias de mi padre. Nos las comentaba en sus cartas y a su vez mi madre le resumía los mensajes llegados desde Chicago. Los contenidos eran los mismos, las versiones diferentes: el trasfondo de unas cartas era la vida en el pueblo; de las otras, el estruendo de la gran ciudad.

Aquel intenso intercambio de correspondencia extendió los alcances de la conversación doméstica y tejió una red de comunicaciones por donde podíamos viajar y mantenernos unidos a miles de kilómetros de distancia: todo por el módico precio de una estampilla.

IV

La estancia de mi padre en Chicago fue un fracaso. Regresó con algunos dólares y unos cuantos regalos: unas medias de raya para mi madre, fotos de beisbolistas para mis hermanos y moños de falla para mi hermana y para mí. En su equipaje estaban las cartas que mi madre y mi abuela le habían escrito.

Durante mucho tiempo mi padre sólo habló de su experiencia en Chicago: desde el desconcierto y las humillaciones en la armadora de automóviles hasta sus desventuras en la calle. Una lo afectó en particular: el hecho de que algunos paisanos negaran su origen mexicano y fingieran no hablar español.

Cuando se le olvidaba algún detalle de sus vivencias en el extranjero le pedía a mi madre las cartas enviadas por él. La lectura en voz alta de algunas líneas era suficiente para que él pudiera completar su narración y llevarnos, en un viaje imaginario, de vuelta a Illinois.

A fuerza de repetirla, la crónica se desgastó. También desaparecieron las cartas donde mi padre nos describía los rigores del invierno, la silenciosa belleza de la nieve, su nostalgia por la familia y por la tierra. Todo eso pudo caber en una sencilla hoja de papel enviada en un sobre.

Tiempo-aire

I

SUS ESFUERZOS POR OLVIDAR A LA SECRETARIA DESDEÑOSA LE resultan inútiles: Mara sigue escuchando su voz lánguida, distante, con un dejo de extranjería ¿Pensará la secretaria que es elegante alargar las vocales y quitarles a las erres su sonoridad natural?

Alguien tendría que decirle a esa muchacha que su forma de hablar dificulta la comunicación. Cuantas veces la ha llamado, Mara ha tenido que pedirle que repita lo que le dijo. Al final siempre fue lo mismo, aunque con modificaciones que imposibilitaban cada vez más su entrevista con Jaime Reza: "El licenciado está en junta." "El licenciado está en junta con el supervisor general." "El licenciado está en junta con los agentes. Es muy probable que la reunión se prolongue hasta las seis. Lo siento: no puedo darle a usted una cita para esa hora porque el licenciado tiene que salir al aeropuerto."

Son las once de la mañana. A las nueve Mara hizo su primera llamada. Acaba de hacer la quinta sin éxito. Podría intentarlo de nuevo y sincerarse con la secretaria desdeñosa: "Comprenda por qué insisto: llevo meses buscando empleo y no encuentro. Necesito que me den otra oportunidad en la fábrica. Trabajé allí cuando el señor Reza grande, que en paz descanse, estaba al frente del negocio. Su hijo tal vez me recuerde. Era muy jovencito pero siempre me saludaba cuando iba a ver a su papá."

Mara supone que esa referencia la acreditará como miembro de esa gran familia de obreros que se han esforzado por mantener el prestigio de los Productos Reza —"Todo para la higiene en el hogar"— y tal vez la secretaria desdeñosa acabe por considerarla como una hija pródiga que merece asilo.

II

Su instinto le aconseja esperar un poco antes de hacer otra llamada. Quizá para entonces haya cambio de personal y la atienda una secretaria menos adusta. Mara se fija un plazo de dos horas. En ese tiempo podría volver a su casa y comunicarse desde allí. Enseguida desiste: será mejor quedarse en los alrededores de la fábrica. Si el licenciado Reza le concede una entrevista ella estará en condiciones de acudir en unos cuantos minutos.

Al pasar frente a una pequeña plaza comercial mira un anuncio luminoso: "Comida rápida." Allí podrá tomar un café mientras espera. Asocia esta palabra, *espera*, con la idea de perder el tiempo. "Hasta los santos lo lloran", decía su madre, quien le inculcó un fervor religioso por el trabajo. Vence sus prejuicios y sube la escalera hacia la zona de comida rápida.

Las mesas están ocupadas. Mara ve en eso una señal de que no debe permanecer allí, de que algo maravilloso está esperándola en la calle, tras una puerta, en la esquina. En una ciudad tan grande tiene que haber algo para ella. No pide mucho: sólo un trabajo de lo que sea. Es lo mismo que buscaba Julián, su esposo, antes de perder las esperanzas y abandonar la lucha. Al principio huía de su derrota bebiendo con los amigos que lo invitaban. Desde que la situación empeoró ellos se alejaron y Julián no tuvo más refugio que la casa.

Cuando está de buenas, lee el periódico que regalan en la esquina; cuando no, se sienta frente a la tele y pasa las horas manejando el control sin ver nunca un programa completo. Mara se esfuerza por aceptar el comportamiento de Julián y resignarse a su desánimo. Si

130

ella se permitiera ese lujo duplicaría el mal ejemplo que su marido le da a Ernesto y Armando.

Al pensar en sus hijos Mara siente angustia, pero sobre todo culpa: por conservar sus trabajos y darles todo lo necesario no los vio crecer y en ocasiones no pudo asistirlos de tiempo completo en sus enfermedades infantiles. Ernesto y Armando ¿entenderán cuánto le duele a ella que las cosas hayan tenido que ser así? Cuando les pregunta, los muchachos guardan silencio o levantan los hombros. Mara piensa que tal vez la comprendan el día en que lleguen a ser padres, pero entonces quizá sea demasiado tarde para ella.

III

"Ya me voy. Si quiere ocupar mi mesa", le dice un hombre que se aleja. Mara sonríe y al sentarse ve que el desconocido abandonó el periódico abierto en la sección de *Nenas cariñosas*. La ilustran pésimas fotografías en donde las muchachas exhiben los atributos que las hacen codiciables y dignas de buena paga. En el ángulo inferior derecho encuentra un aviso subrayado: "Oferta por crisis: mucho cariño y una bebida gratis: 200 pesos. Discreción. Sólo en casa. Llamar al 04455..."

Mara intenta imaginarse a la autora del anuncio y las terribles dificultades que habrá padecido antes de optar por esa tablita de salvación que la cosifica. Quizá la mujer tenga hijos. Si están en la escuela a la hora en que le llega un cliente no habrá problema; si no, los mandará a jugar sin necesidad de explicaciones. Si es de noche, les ordenará que vayan a sentarse a la puerta un ratito pero que no se alejen. ¿Qué pensarán esos niños cuando se ven desplazados por algún extraño? ¿Juzgarán a su madre? No, si crecieron en esa dinámica y la aceptan como algo natural.

Una mesera se aproxima y Mara dobla rápido el periódico. Pide un café. "¿Algo más?", le pregunta la empleada sin mirarla y en un tono idéntico al de la secretaria desdeñosa. La coincidencia desencadena en Mara la irritación acumulada: "Señorita: ¿podría ser más amable?" La muchacha se sorprende: "¿Perdón?" "Que si podría ser más amable. El hecho de que sólo haya pedido un café no la autoriza a tratarme así." "¿Cómo?" "Pues no sé. Como si no le importara." La empleada sonríe aún sin comprender: "¿Qué cosa?"

Mara sabe que las explicaciones salen sobrando pero ya está fuera de control: "Hay muchas personas desempleadas. Usted tiene trabajo. Debería sentirse feliz y hacerlo con gusto." Por toda respuesta la joven coloca la nota sobre la mesa y se aleja deslizándose sobre sus zapatos blancos. Mara la ve cuchichear con el pizzero y los oye reír.

Hoy puede tolerarlo todo menos la burla. Se levanta y se dirige a la cajera: "¿Podría hablar con el gerente?" La empleada la mira desde la espesura de sus pestañas falsas: "Él no viene por las mañanas. ¿Puedo servirla en algo?" Mara se siente reconfortada: "Quiero poner una queja: el servicio es pésimo."

El tono alto de Mara atrae la atención de los parroquianos. Sentirse observada la cohíbe pero sigue adelante: "La señorita que está allá me tomó la orden en una forma muy desagradable." La cajera se endereza: "Giselle, ven." La mesera se acerca contoneándose: "¿Para qué soy buena?" "Giselle, la señora dice que la atendiste de mal modo. ¿Es cierto?" "Ordenó un café, le pregunté si deseaba algo más y sólo por eso me salió con que debería sentirme feliz porque tengo trabajo. A ella ¿qué le importa?" La cajera levanta las cejas: "Quiere reportarte con el gerente." Giselle se acomoda la cofia sobre la cabellera lacia y multicolor: "Pues que lo haga. Ni crea que me asusta. ¡Pinche vieja amargada!"

Mara siente que están a punto de brotarle las lágrimas. Vuelve a la mesa, toma su bolsa y el periódico y se encamina a la puerta. La cajera agita los brazos: "Oiga: ¡no me ha pagado!" Mara estampa una moneda sobre el mostrador y sale a toda prisa. Mientras baja la escalera escucha rumores y carcajadas.

IV

Mara camina con vigor, como si deseara triturar con sus pasos la humillación que la agobia. Necesita desahogarse con alguien capaz de comprenderla. Le quedan apenas unos minutos de tiempo-aire en el celular. En vez de gastarlos procurándose un confidente debería invertirlos en comunicarse a la fábrica, pero en sus condiciones se sabe demasiado vulnerable ante la secretaria desdeñosa.

Piensa en Julián. Va a marcar el número de su casa cuando recuerda que tienen el servicio suspendido por falta de pago. Queda otra posibilidad: llamar a la mujer que, con un sentido muy lúcido del momento, ofrece sus servicios sexuales y una copa de cortesía a cambio de 200 pesos. Por la vida que habrá llevado de seguro la comprenderá.

Mara se oculta en un quicio, desdobla el periódico y marca en su celular el número señalado. Le responde una voz masculina: "Diga." "Podría hablar con la señora..." El hombre no espera y grita: "Priscila: te hablan." El sujeto cubre la bocina y murmura: "Es una señora pero no me dijo..."

Mara reconoce que es una locura lo que está haciendo. Por más dificultades que haya enfrentado, Priscila no tiene por qué enterarse de sus angustias. Va a interrumpir la comunicación cuando escucha una voz muy grata: "¿Quién habla?" Mara quiere contestarle pero sólo jadea sofocada por el llanto y vuelve a oír la pregunta: "¿Quién habla?" Mara se esfuerza y logra responderle con voz entrecortada: "Usted no me conoce. Yo la necesito. Vi su teléfono en el periódico y pensé que tal vez podríamos..." Con dulzura pero con firmeza Priscila la interrumpe: "Lo siento. No hago ese tipo de servicios."

Vías alternas

I

"HOY SERÁ UN VIERNES DE MANIFESTACIONES. LOS CONTIN-gentes empezaron a reunirse en el Monumento a la Revolución desde las nueve de la mañana y marcharán rumbo al Zócalo a las cuatro de la tarde. Si no tiene necesidad de transitar por las zonas afectadas se le recomienda que no lo haga o en todo caso le suge-rimos que circule por vías alternas."

A la advertencia del locutor siguen un intermedio musical, el mensaje de un partido político y la participación de un radioescucha que cuenta con veinte segundos para transmitir su comentario en el programa *Cosas de nosotros:* "Los obstáculos infranqueables son los que construimos con la materia de nuestros temores."

Porfirio suelta una carcajada y se acerca a la ventana. Lo único que alcanza a ver es la barrera que forman las grúas, plumas, trasca-bos, herramientas, tubos, costales de cemento y grava. Desde hace ocho semanas todo ese amasijo impide el paso y aun la visión de la Avenida Uno. Porfirio duda de si aún está allí, si volverá a verla tal como la ha visto siempre o si la fragmentarán para convertirla en otra cosa.

Lamenta no haberle tomado una foto a la avenida. Así podría mostrársela a sus hijos, si es que llega a tenerlos, cuando estaba bordeada por fresnos y más que una vía de comunicación era un paseo. Ahora que ni siquiera puede verla, Porfirio se da cuenta de que esa calle ancha y recta es la columna vertebral de su vida.

II

"¿Cómo la está pasando este viernes en nuestra congestionada megalópolis? Esperamos su respuesta a través de nuestras líneas telefónicas. Le repito los números..." Porfirio no logra escucharlos. Se lo impide una catarata de cláxones. Le sube el volumen a su radio. Entre música de cuerdas una voz femenina alaba las cualidades de un papel higiénico que la lleva a sentirse "limpia como un angelito ¡y por menos dinero!"

Porfirio imagina que esa mujer posiblemente haya tenido aspiraciones de actriz y ante la falta de oportunidades en los escenarios buscó una vía alterna en el mundo de la publicidad. Quizá sea su primer trabajo. En ese caso un asesor le habrá ensayado el breve monólogo hasta lograr que ella le imprimiera al mensaje un tono de credibilidad.

Nada lo autoriza a minimizar el talento de la supuesta actriz frustrada. Tal vez repitió el texto decenas de veces frente al espejo como si se tratara de un parlamento teatral o un guión cinematográfico. Sea como fuere, Porfirio siente admiración por la dueña de la hermosa voz: se requiere de mucho valor o mucha necesidad para poner todo el corazón en un anuncio de papel higiénico.

III

En la radio se escucha ahora la rúbrica del programa. Porfirio espera que el locutor repita los números de la estación y busca algo con qué apuntarlos, pero sigue pensando en su "actriz frustrada". La imagina a esas horas dentro de su automóvil, que aún no acaba de pagar, sometida a las incomodidades de un congestionamiento y encendiendo la radio para oír la participación de veinte segundos en el que ya considera *su* programa. Porfirio se la representa mordiéndose los labios y sonrojándose cuando se oye decir: "limpia como un angelito ¡y por menos dinero!"

A lo mejor no es así y la muchacha —tiene que ser una muchacha— derrama lágrimas al escucharse y pensar que por necesidad, por hambre, renunció a William Shakespeare y a Bernard Shaw. Porfirio siente que, sin derecho alguno, la está juzgando y se solidariza con ella: "En su situación, yo habría elegido esa vía alterna."

En la realidad fue lo que él hizo: después de terminar su carrera en Relaciones Internacionales, sin oportunidad alguna de ejercerla, terminó dando clases de inglés en una academia privada a cambio de un sueldo de hambre. Antes se lamentaba por haber tenido que aceptar ese empleo y ahora daría cualquier cosa porque la directora lo llamara para decirle que la academia reabre sus puertas y él está contratado otra vez.

Lleva semanas esperando esa noticia. Cuando sale a la calle deja la contestadora puesta pero al volver y consultarla siempre escucha lo mismo: "Ningún mensaje nuevo." Nadie lo llama. Ha pensado en bajar al teléfono de la esquina, marcar su número y dejarse recados fingiendo voces de personas que lo citan con urgencia, locos que lo insultan o voluntarios que le envían sus pensamientos positivos: "Los obstáculos infranqueables son los que construimos con la materia de nuestros temores."

A su pesar, Porfirio le da la razón al desconocido. Nadie lo obliga a quedarse encerrado y sin embargo él no se atreve a salir en busca de otro trabajo por temor a padecer nuevos rechazos y a gastar inútilmente en transportes. Entre una cosa y otra vive paralizado, excepto cuando sale a comprar algo de comida: sopas instantáneas y platillos precocinados. Sólo para eso le alcanzan sus últimos ahorros.

Las paredes de su departamento lo asfixian. Más aún desde que le robaron la visión de la avenida. Recorrió la Uno, como él la llama, desde que aprendió a caminar. Piensa en sus abuelos y en sus padres. Siguió transitando por allí para ir a la escuela. Piensa en la mochila sobre su espalda y el suéter guinda del uniforme. Adolescente, la paseó con Aída. Piensa en las manos húmedas enlazadas y en los quicios que protegieron sus primeros besos.

IV

El recuerdo de Aída se desmorona ante el ímpetu del locutor: "Con mucho gusto le repetimos nuestros números telefónicos..." Porfirio se dispone a anotarlos con un bolígrafo. "¡Puta madre!", grita al ver que ya no tiene tinta. Confía en su memoria, repite los números telefónicos mientras encuentra un plumil, escribe las cifras y enseguida marca.

Nadie contesta. Cuelga y vuelve a marcar con el frenesí de un jugador que arroja los dados al tapete. "Número ocupado. Si desea que remarquemos por usted marque uno..." Enfurecido, como si alguien se estuviera burlando de él, deja caer la bocina.

Trata de calmarse diciéndose que no tiene importancia su llamada a la estación y si al fin logra respuesta quizá no acepten transmitir su mensaje: "Díganle al señor optimista que no todos los obstáculos están hechos de temores. Hace cuatro semanas tengo frente a mis narices una barrera inmensa, formada por toda clase de maquinaria, que me impide hacer lo que más me gusta: caminar por mi Avenida Uno."

El tono grave del locutor lo saca de sus imaginaciones y lo sobresalta: "Varias personas del auditorio están llamando para decir que en sus colonias no tienen agua y preguntan a qué se debe. Muy sencillo: se aplicó el programa de restricción del fluido. Recuerde que, tal como se lo informamos, durará hasta el lunes o martes."

Porfirio no recuerda haber escuchado esa noticia. Maldice su falta de atención y corre al baño con la esperanza de que su calle no esté dentro del área castigada. Abre la llave del lavabo pero es inútil. Repite la operación y sucede lo mismo. Piensa en los desiertos, en el oasis que ilustraba uno de sus libros escolares y en la gotita que por las noches tamborileaba en el lavabo contribuyendo a sus desvelos. Ahora esa gota es tan lejana como la Avenida Uno.

Desde el baño escucha de nuevo la voz femenina alabando el papel sanitario que la deja limpia como un angelito ¡y por menos dinero! Porfirio ríe al pensar que, mientras dure el desabasto de agua, aunque compre cientos de rollos blancos y perfumados, la actriz fracasada ya no estará tan limpia. Se la figura acarreando cubetas y repitiendo otro eslogan que significa una segunda oportunidad de ganarse unos pesos a cambio de sustituir una vez más los textos de Shakespeare o de Shaw por alabanzas a los poderes mágicos de un detergente, la megacapacidad de absorción de una toalla sanitaria o la superpotencia de un jarabe contra el reflujo. No la critica ni la juzga si es que ella está actuando como él imagina. Reconoce otra vez que de encontrase en su situación él optaría también por esa ruta alterna.

Como en sueños escucha al locutor machacando los números telefónicos de la estación. Porfirio saca el plumil y los escribe en el dorso de su mano. Suena un corte musical mientras él se dirige a la sala. Con energía arranca el cordón de la persiana y va hacia el teléfono. Marca pero no obtiene respuesta. Distraído, sin prisa, enreda el cordón en su cuello. Coloca la bocina en el respaldo del sillón y aprieta. Su último gemido se confunde con la voz del locutor: "Amable radioescucha, hable por favor: estamos al aire."

La Negra

I

ERA PEQUEÑA, DELGADA, OSCURA Y LUMINOSA AL MISMO tiempo. No ocupaba demasiado espacio y sin embargo, desde que La Negra se fue me parece que toda la casa y en particular esta habitación se han vuelto inmensas.

Cuando La Negra llegó aquí, hace diez años, la consideré una intrusa. Su discreción y su silencio me irritaban. Para evitarme la molestia decidí alojarla en el rincón más apartado y hacer lo posible para continuar mi ritmo de vida como si ella no existiera.

Mi estrategia fue inútil. Aunque se mantuviese replegada en sí misma yo sentía la presencia de La Negra. Llegó a irritarme de tal manera que pensé en deshacerme de ella lo más pronto posible. Un amigo que se enteró de mi decisión me aconsejó que, antes de actuar, le diera a La Negra por lo menos una oportunidad de mostrarme su buena disposición y sus habilidades. "¿Cómo?" "Acércate a ella sin prejuicios y procura entenderla. Al principio te parecerá muy complicada y en algunos aspectos incomprensible; pero después, con el trato, será distinto. Hazme caso. Te aseguro que con el tiempo llegarás a considerarla imprescindible."

El interés de mi amigo me obligó a intentar el acercamiento a la recién llegada. Ordené mis ideas, pensé en lo que quería decirle;

pero en cuanto me encontré ante su silencio y su mirada luminosa mis buenos propósitos se transformaron en ansia de agredirla.

Sin pensarlo le asesté un puñetazo. La Negra lanzó una serie de gemidos, como si todo en su interior se hubiera desordenado o roto. Pensé que estaba desfalleciendo pero enseguida recobró su quietud habitual, su serenidad, su buena disposición. Parecía la misma Negra de antes, excepto por la marca que ostentaba donde le asesté el golpe. Con el tiempo se convirtió en una cicatriz profunda que ensombreció levemente su mirada hasta el último día de su vida.

II

Su existencia junto a mí se prolongó diez años. Fueron de trabajo intenso en que ni ella ni yo tuvimos días festivos o vacaciones. Nunca se resistió a secundarme pero fue mostrando señales de deterioro cada vez más graves: desórdenes interiores, parpadeos inexplicables. Lo peor fue la parálisis momentánea que la atacaba sobre todo en invierno.

Para aliviarla la sometí a varios tratamientos. Un sábado en que se quedó trabada salí con ella en busca de ayuda y entré en el único sitio abierto a las seis de la tarde: una armadora de automóviles. La empleada sacaba facturas de una impresora. Le describí lo que acababa de sucederle a La Negra: "¿Qué hago con ella? Usted debe saberlo." La muchacha sólo movió la cabeza.

Regresé a la casa y consulté la Sección Amarilla. Marqué varios números y en ninguno obtuve respuesta. Hice lo último que se me ocurrió: le di a La Negra respiración de boca a boca. Aunque lentamente, ella recuperó la movilidad. Creí que el mal estaba superado pero reapareció en muchas ocasiones, cada vez con más frecuencia y aunque no fuera invierno. Decidí buscar a un especialista de cabecera al que fuese posible solicitarle ayuda en cualquier momento. Gracias a eso La Negra recibió varias curaciones pero la última resultó infructuosa: "Lo siento. Ya no puedo hacer nada. La condición en que se encuentra es fatal", me dijo el técnico.

Me sentí en la obligación de interceder por alguien tan constante y leal como La Negra. Sugerí trasplantes, pensé en mandarla a Nueva York para que le practicaran cirugía mayor: algo así como un marcapasos o un corazón artificial; cualquier cosa que le prolongara la vida. "Por su misma edad ya no podrá resistir las nuevas tecnologías. Es mejor que se haga a la idea de que pronto morirá."

El diagnóstico era contundente; sin embargo, como se hace en esas situaciones, para sobrellevar la incertidumbre le pedí al especialista que me indicara más o menos en qué plazo podía sobrevenir el final. "No lo sé. Puede suceder mañana, dentro de quince días, en un mes." Aunque era innecesario pregunté cuál sería el indicio de que el desenlace se aproximaba: "No le responderá y si usted insiste es muy posible que ella no retenga nada." Me asaltó otra duda: ¿qué debía hacer en el momento en que llegara el plazo fatal. "Hábleme a la hora que sea: vendré por ella."

III

El fin llegó antes de lo imaginado. No tuve el valor de ver a La Negra tan quieta y oscura, de modo que la cubrí con una chalina de flores. Llamé al especialista. No tuve que explicarle nada. Sacó una bolsa oscura para enfundar a quien durante diez años fue mi auxiliar, mi confidente, mi amiga. "¿Qué sucederá con ella?" El hombre entendió mi pregunta pero no tuvo respuesta.

Le mencioné la campaña altruista de donación de órganos. Tal vez *algo* de La Negra podría sobrevivir en un semejante. "No. Es tan imposible como pretender trasplantarle a un niño el corazón de su abuelo." No se me ocurrió ningún otro recurso para cambiar la realidad y acabé por aceptarla.

Permanecí en la puerta de la casa. Mientras el especialista acomodaba el cadáver en el asiento posterior del coche, me di cuenta de que éste sería el primer viaje y también el último de La Negra. Cuando vi que el automóvil se alejaba sentí el impulso de correr tras él y detenerlo. Era inútil.

Por el momento era más importante regresar al estudio y habituarme a la ausencia de La Negra. Ver su espacio vacío me destrozó. Aun así, me senté en mi lugar habitual y me puse a recordar algunos de los muchos momentos compartidos con La Negra. La evocación me hizo olvidar el tiempo. Me di cuenta de que eran las doce de la noche cuando sonó el teléfono.

Era el especialista. Su voz se oía muy alterada: "Sucedió algo extrañísimo. Saqué a La Negra de su bolsa, la abrí y desde ese momento siguen apareciendo en la pantalla mujeres, niños, camellos, ancianos, casas, comerciantes, artesanos, locos, magos, prostitutas, emigrantes que enseguida desaparecen. ¿Tiene idea de qué se trata todo esto?"

Le dije que no, aunque lo sabía: La Negra estaba recordando por última vez los cientos de historias que le conté a lo largo de los diez años en que fue mucho más que mi computadora: mi amiga, mi auxiliar, mi confidente. Desde ahora tendré que aprender a contar mis historias sobre otro teclado. Cada vez que lo pulse recordaré el de La Negra. Terminó con el tabulador carcomido y las letras borradas. En su último suspiro se le desprendió la "A": la letra con la que se escriben palabras tan hermosas como "amor", "amistad", "alegría", sentimientos que La Negra, mi vieja computadora, me inspiró en todo momento y siempre me inspirará.

Muñeca rota

I

EN TODAS LAS HABITACIONES DE LA CASA HAY RETRATOS DE
Ana. Captan desde sus primeras sonrisas hasta las últimas, todas su-
geridas por presencias intercambiables que le pedían "una sonrisita,
sólo una" para el padre, los abuelos, los padrinos, los amiguitos que la
invitaban a sus fiestas de cumpleaños, los compañeros de la escuela
y al final sólo para la cámara: "A las tres dices *whisky*. ¡Va!"

La luz que ilumina la serie de fotos subraya las transformaciones
sufridas por Ana y su nombre a lo largo de dieciséis años: Anette,
Hanna, Hania, Anahí, Anya. El 25 de octubre de 2001 cesaron
para siempre los cambios. "Hija: todas las lágrimas del mundo no
llenarán el vacío dejado por tu ausencia. Descansa en paz."

Bajo cada retrato está la sombra que ha ido dejando en la pared:
son sus raíces.

Cuando la madre de Ana María quiere imaginar que el tiempo
no ha transcurrido y aún está paseando con su hijita de un año,
descuelga la fotografía que ilustra aquel momento, la aferra con
su mano derecha, se inclina y camina por un sendero imaginario
mientras le advierte a la niña ausente que se fije bien por dónde
va, no tenga miedo de ese perro, no llore.

Lo dice en el mismo tono que empleó la mañana de aquel domingo de 1987, cuando Anita dio sus primeros pasos y su padre le

tomó un rollo completo de fotos. Las mejores están en la pared, cercadas por el marco, borrándose lentamente.

Desde que Ana murió su padre se ha refugiado en su taller de relojero. Se pasa las horas con el lente pegado al ojo derecho observando mecanismos antiguos —su especialidad— que aún pueden medir el tiempo para todos, excepto para Ana.

Entre un calendario y el espejo que le permite ver quién entra en su negocio, el relojero conserva el retrato de Ana a los cinco años disfrazada de abeja. Todos los asistentes al Festival de la Primavera aplaudieron la aparición de la niña bajo un arco de flores artificiales: "Se ve graciosísima." "Qué gordita más simpática." "Está como para un anuncio."

El padre de Ana se sintió muy orgulloso. Lo documenta esa foto que a veces descuelga para besarla como lo hizo con su hija después del festival escolar; pero la frialdad del vidrio le recuerda una lápida helada: "Todas las lágrimas del mundo no llenarán el vacío dejado por tu ausencia."

II

Entre las imágenes exhibidas en la pared está el hueco de la foto que los padres de Ana descolgaron hace meses bajo el pretexto de que estaba fuera de registro y era demasiado oscura.

En realidad la excluyeron para no recordar el día en que Anita regresó a la casa llorando porque Diego, un compañero de sexto año, la había llamado "bodoque". Lograron sacarla de su depresión diciéndole que era preciosa y comprándole una pizza. Su papá la retrató con los ojos hinchados, una sonrisa falsa y una rebanada de mortadela y pepperoni sostenida en su mano izquierda: el lado del corazón.

Esa misma noche los padres de Ana invirtieron su desvelo en reconocer que su hija estaba cada día más bonita y no era gorda, simplemente empezaba a tener formas femeninas. Sin embargo, para que ningún imbécil volviera a molestarla, le sugerirían que siguiera una dieta leve. Además, se acercaba el fin de año y su papá quería que Anita apareciera esplendorosa en las fotos que pensaba tomarle.

Están en la pared del pasillo: "Anita con sus compañeros del 6º C". "Anita con las *misses* Tania y Yolanda." "Anita poniéndole cuernos a Bruno." "Anita distraída, mirando quién sabe qué."

Muy cerca está la foto de Anita el día en que ingresó a la secundaria. Enfundada en su uniforme —blusa blanca, suéter verde, falda a cuadros, calcetas y mocasines negros— la niña tiene levantada la mano derecha. La madre de Ana sabe que el saludo iba dirigido a ella, como si se tratara de una larga separación y no una ausencia de horas. "¿Cómo te fue en la escuela?" "¿Qué tal tus nuevos compañeros?" "¿Qué se siente ser toda una señorita que va a la secundaria?"

Los padres de Anita se deleitaban viéndola feliz y escuchándola contarles sus novedades. Una tarde les dijo que acababa de llegar una nueva compañera: Karla, una niña que ya había aparecido en la revista de una tienda de autoservicio modelando zapatos y ropa. Le preguntaron cómo era su nueva amiga. Dijo que bien flaquita porque para no subir de peso sólo comía atún en agua y ensalada de col.

Más tarde, a la hora de la cena, Anita rechazó el pan y antes de irse a la cama le preguntó a su madre si le parecía que estaba gorda. Ella le contestó que no, que dejara de pensar en eso. Desolada, Anita se miró el pecho: "¿No se te hace que tengo demasiado busto?"

Su madre no pensó que ese tema preocupara realmente a su hija. Lo advirtió meses después, cuando revelaron las fotos del paseo a un balneario de Hidalgo. En ellas aparece Anita rodeada por sus primos y cubriéndose el pecho con una toalla de estampado floral.

La prenda está junto con las muchas cosas que le pertenecieron a Ana, Anet, Hanna, Anahí, Anya: camisetas, blusas, faldas, yins, cintas métricas, básculas de todos los tamaños incluida una muy pequeñita. La sacó del taller de relojería para pesar con mayor precisión los gramos de comida que al final se limitaron a una hoja de lechuga, una rebanada de manzana, media nuez de la India, agua, suero.

Las fotos del balneario cuelgan a la entrada del baño, en la única pared salitrosa. Cuando su madre ve las marcas del salitre piensa en que Anita nunca cumplió su sueño de conocer el mar.

III

El cuarto permanece intocado. Tuvieron que transcurrir varias semanas de la muerte de Anita para que su madre se atreviera a entrar en la habitación. Lo hizo para envolverse en el olor de su hija, para embelesarse mirándola en las fotos clavadas en la pared. Allí aparece Anita modelando prendas corrientes y variadas. En todas las imágenes la niña luce una gran sonrisa pero sus ojos están tristes y al final casi desorbitados.

La madre de Ana sigue visitando la habitación para ventilarla y elegir los muebles que podría donar a un orfanato. No logra decidirse porque cada vez que abre una puerta o un cajón encuentra revistas femeninas con las páginas de ejercicios y dietas señaladas con separadores o clips. Junto a las publicaciones están los diarios de Ana.

Las libretas tienen muchas páginas en blanco y anotaciones aisladas, escritas con letra desigual y plumón de colores. "Lunes 7: Por primera vez Karla me llevó a una sesión de fotos. Había chavas que miden 1.70 y pesan 46 kilos. ¡Qué envidia! Voy a parecerme a ellas." "Miércoles 15: Me odio. Soy una imbécil por haberme comido la hamburguesa. Ni modo: una semana a dieta de repollo. ¡Huele horrible y sabe peor! Me lo merezco." "Martes 21: Leí que uno puede bajar cinco kilos en una semana tomando tres litros de agua y una manzana al día. ¡Guau!" "Jueves 29: Le voy a decir a mi papá que en vez de comprarme una compu me dé el dinero para hacerme una liposucción. Duele un poco. No me importa. Todo menos *esto*. ¿Qué suena mejor: Hanna o Anet? ¿Cómo se escriben esos putos nombres?"

Aunque la entristecen profundamente, la madre de Ana sigue leyendo los diarios de su hija: "Domingo 6: Mi mamá me encontró vomitando. Como me veo pálida y no me ha bajado la regla piensa que estoy embarazada. ¡Ni loca! Le dije que me había hecho mal la comida." "Sábado 11: Al salir del baño me miré en el espejo y me asusté de lo flaca que estoy. Lo bueno es que vestida me veo súper."

La mamá de Ana siempre sonríe cuando llega a la página que tiene los márgenes adornados con flores, rayos, estrellas y signos de admiración: "Miércoles glorioso. Al fin me entraron los yins talla 2 y posé para mis primeras fotos sola. ¿Anahí o Anne? No logro decidirme. Karla sugiere algo más sencillo: Anya. PD: Mi papá se puso a comparar las fotos que me ha tomado últimamente y dice que estoy flaquísima y me llevará con un médico. ¿Por qué siempre tiene que meterse en mis cosas? ¡Me choca!" "Lunes 30: Otra vez no fui a clases. Me siento mareada y me duele mucho la garganta. Eso es lo único que está bien porque así, aunque quiera, no podré comer. Bajaré los doscientos gramos que subí este fin de semana. ¿Doscientos gramos? ¡Qué horror!"

La madre de Ana siente deseos de morir después de leer esos diarios. Cada palabra es como una inútil y tardía señal de alarma: kilos, gramos, tallas, dietas, agua, suero, vómito, sangre, frío, sudor, miedo, fiebre, hambre, muerte.

Solito

I

MIRÉ UNA VEZ MÁS EL RELOJ. APENAS ERAN LAS CUATRO. TUVE la impresión de que el tiempo se había detenido. Me angustió la idea de que aún faltaban dos horas para salir del taller. Calculando lo que tardo en llegar hasta El Rosario, pensé que tendría que esperarme el doble de tiempo para reunirme con mis hijos. Necesitaba consolarlos y explicarles que hay cosas tan inevitables como la muerte y las separaciones.

Confiaba en que me entenderían porque ya no son tan niños. Rafael cumplió nueve años y Magda ocho. Siento angustia por ellos: desde que nacieron sólo han vivido tiempos violentos y cada vez más difíciles. Es lo único que escuchan por todas partes y, para colmo, Fernando y yo no hablamos de otra cosa. Nuestro departamento es muy pequeño, las paredes son como de papel y aunque no queramos, los niños oyen si mi esposo y yo discutimos.

Cuando mis padres se peleaban nos pedían a la Nena y a mí que nos fuéramos a jugar a la calle. Era segura hasta por las noches, y eso que vivíamos en un barrio pobretón lleno de vagos y borrachitos. Ahora ni en sueños se me ocurre sugerirles a mis hijos que jueguen fuera de la casa: temo que alguien me los robe, que un loco los atropelle o que vayan a meterse en drogas.

Rafael y Magda se quejan porque los tenemos muy encerrados. Los domingos en que Fernando y yo no trabajamos hacemos hasta lo imposible por llevarlos a dar una vuelta aunque sea por aquí cerca. A mis hijos les encanta ir a los centros comerciales. A mí no: siento feo de que no podamos comprarles nada de lo que ven. Ellos se disgustan, Fernando los reprende y el paseo termina en pleito. No me extraña que el lunes amanezcamos todos desganados.

Entre semana las únicas salidas de mis hijos son a la escuela y a las tiendas que están en la cuadra. Empezaron a frecuentar la tlapalería, a dos puertas de nuestra casa, desde que Justiniano y su esposa Guadalupe compraron en el mercado de Sonora un cachorro de pastor alemán. Tenía un ojo verde, el otro azul y era simpatiquísimo. Le pusieron *Solito* porque ya no quedaba otro en la tienda de animales. Como en el departamento nunca hemos podido tener ni siquiera un pájaro, a Magda y a Rafael les resultó maravilloso poder jugar con el cachorro. Cada vez que los veía corretearlo o hacerle morisquetas me alegraba de que se estuvieran divirtiendo como lo que son: niños.

Guadalupe y Justiniano no pudieron tener hijos. *Solito* era su adoración y el día en que cumplió un año le organizaron una fiesta. Asistieron todos los chamaquitos de la cuadra y algunas mamás. Todos estuvimos muy contentos menos Lupe, que se pasó la tarde estornudando. Me dijo que a últimas fechas padecía de esos accesos. Los atribuyó a los nervios que le provoca la disminución en sus ventas, con todo y que abren también los domingos, y el peligro de tener que rematar su negocio. Procuré darle ánimos recordándole que tienen una clientela de hace muchos años y además nunca faltará quien necesite un bote de pintura, yeso, clavos, un martillo, trampas para ratones o veneno para cucarachas.

II

Una tarde al regresar de mi trabajo me encontré a Rafael y a Magda muy preocupados. Justiniano les había dicho que el médico acababa de diagnosticarle a su esposa una alergia y como la posible causa era *Solito,* él había decidido vender el perro. Magda me preguntó si podíamos comprarlo. Le respondí que imposible, y menos en las condiciones actuales: aunque las cosas están cada día más caras, hace años que a mi esposo y a mí no nos aumentan el sueldo; aparte nadie nos garantiza que mañana no vayamos a perder la chamba. Un perro necesita alimento, vacunas, veterinario. ¿Con qué íbamos a pagarlos?

Rafa me dijo que por eso no me preocupara. Los domingos por la mañana podía trabajar cargando bultos en el mercado, como lo hacen muchos otros niños de por aquí, y ganarse el dinero suficiente para los gastos de *Solito.* La sugerencia me conmovió pero le pedí que no volviera a pensar en eso. Sin embargo, en cuanto su padre regresó del trabajo fue lo primero que le dijo. Mi esposo lo tomó como una simple ocurrencia y le pidió que no se preocupara tanto por *Solito:* no faltaría quien quisiera comprar un animal tan bello.

Esa posibilidad angustió más a Rafa: "No entiendes. Lo que no queremos es que lo compre otra persona porque se lo llevará y ya no podremos jugar con él." Magda es muy zalamera y con su cara-de-no-rompo-un-plato se acercó a su padre para suplicarle que les permitiera quedarse con *Solito.* Fernando se mostró paciente pero firme: "Por principio de cuentas, no tengo dinero para andar comprando animales. Además aquí no tenemos en dónde meterlo. ¿O quieren tenerlo amarrado en la azotea, soportando el frío, el sol, los aguaceros?"

Dije que estaba de acuerdo con Fernando. Una de las cosas más tristes para mí es ver a esos pobres animales que viven arrumbados en un balcón de medio metro, sin espacio para estirarse o para correr, muriéndose de frío o de calor. Rafael se dio por ofendido conmigo: "Tú siempre te pones del lado de mi papá. A nosotros nunca nos tomas en cuenta ni nos das la razón." "Porque no la tienen ¡y se acabó!", grité para desahogar mi angustia.

Durante algunas semanas siguió pegado junto a la entrada de la tlapalería el anuncio: "Se vende pastor alemán." Para Rafa y

Magda ver la cartulina era un alivio porque significaba que *Solito* seguía al alcance de su mano; en cambio para mí leerla era motivo de tristeza: entre más tiempo pasara más difícil y doloroso sería para mis hijos separarse del animal.

Ante la ausencia de compradores Justiniano decidió regalar al perro. Me lo ofreció primero a mí: "Sus hijos lo adoran y el animalito también está muy encariñado con ellos. Lléveselo y así también podré verlo de vez en cuando." La tentación de aceptarlo fue grande. Me contuve con tal de no tener un pleito con mi marido pero expuse otros motivos: "Se lo agradezco mucho. La verdad, no tengo dinero para su comida ni espacio ni mucho menos tiempo para cuidarlo." Dijo que en tal caso se lo ofrecería a otros vecinos. Creo que todos, por las mismas razones que yo, rechazaron la oferta. Para dicha de mis hijos *Solito* siguió alegrando sus juegos.

III

Ayer domingo salí temprano al mercado. Al pasar frente a la tlapalería me fijé en que *Solito* ya no estaba. Le pregunté a Justiniano si al fin había logrado regalarlo y quién era su nuevo dueño. Él hizo un gesto de fastidio: "Puede ser cualquiera, no lo sé. Anoche se me escapó. Salí a buscarlo pero no pude encontrarlo. El pobrecillo andará por allí perdido."

Me resultó difícil creer en lo de la escapatoria. *Solito* era obediente y nunca se alejaba demasiado de sus platos. Me imaginé que, ante la imposibilidad de vender o regalar a *Solito*, Justiniano no había tenido otro remedio que sacarlo a la calle y perderlo para deshacerse de él. Cuando se lo dije el tlapalero, compungido, desvió la mirada: "Créame que me costó mucho trabajo decidirme pero ya no podía hacer otra cosa. Usted comprenderá que la salud de mi mujer es más importante que *Solito*. Tengo la esperanza de que alguien se lo haya llevado a su casa porque si no... Lástima de animal tan precioso." No quería que mis hijos se entristecieran y, de acuerdo con Justiniano, decidí inventarles que al fin había aparecido un comprador.

De regreso a la casa fingí serenidad y procuré darles la noticia de la manera más suave: "Rafa, Magda ¿qué creen? *Solito* ya se fue a su nueva casa. Tiene un jardín en donde podrá correr y saltar. Vivirá mucho mejor que aquí, ¿no les da gusto?" Los niños se indignaron porque Justiniano no les hubiera dado tiempo para despedirse del perro. Seguí mintiendo: "Lo vendió anoche, ni modo que viniera a avisarles. Pero me dijo que en cuanto la encuentre, nos dará la dirección de *Solito* para que un domingo vayamos a visitarlo."

Magda dijo que ojalá no tuvieran que esperar mucho para volver a verlo porque de seguro el perro los estaba extrañando. Rafael tuvo una idea: "Es muy inteligente. Sabe cuánto lo queremos. A lo mejor se escapa y vuelve con nosotros hoy mismo." En opinión de Fernando los niños estaban equivocados y pretendió sacarlos de su error: "La verdad, veo difícil que regrese. Además los animales no son como las personas: ellos no quieren a nadie. Lo único que les importa es tragar y dormir. No vale la pena que estén tan preocupados por un perro." Sus palabras agravaron la tristeza de mis hijos y Fernando se impacientó: "Si van a estar con esas caras mejor no salimos."

Les pedí a Magda y a Rafa que fueran a buscar su suéter. Cuando me quedé a solas con mi esposo le reproché que les hubiera hablado con tanta crudeza: "Pobres criaturas. Todo el tiempo están viendo cosas horribles y escuchando malas noticias. ¿Por qué les quitaste su ilusión de que *Solito* va a volver y los extraña?" Fernando me miró asombrado: "¿Te molestas porque les dije la verdad? Pienso que hice lo correcto. Es mejor que sepan las cosas como son y no que al rato se den un frentazo. La vida es tal cual es y punto." No pude quedarme callada: "Como si no lo supieran de sobra. A su edad ven el mundo como si fueran adultos. Los únicos momentos en que actuaban como niños era cuando se ponían a jugar con *Solito*. ¿Los oyes? Están llorando por lo que les dijiste." Fernando se defendió: "De acuerdo: ¡metí la pata! Pero tú también, dejando que se encariñaran con un perro que ni era suyo."

Salimos de paseo pero no logré que Rafa y Magda se animaran. Parecían distraídos, ausentes. Fernando, como siempre que se disgusta, no habló ni media palabra. Yo me pasé el tiempo mirando en todas direcciones, rogándole a Dios lo imposible: que *Solito* apareciera para que mis hijos pudiesen verlo otra vez y comprobar cuánto los quería.

El milagro ocurrió. Por la noche, al regresar a la casa, vimos al perro moviendo la cola, tendido a las puertas de nuestra casa.

Fondeadero

I

DAVID SE ESTREMECE AL PENSAR QUE EL AGUA DE LA PILETA estará helada y le escurrirá por el cuello hasta el pecho donde conserva el tatuaje: *Marina.* "¿Existirá?" Sí. Tal vez sea como él la describió aquella noche de parranda, mientras los amigos del Zurdo lo veían someterse a la aguja del tatuador: "Es alta, rubia, frondosa, alegre."

David aún celebra que la pandilla de borrachos no le hubiera pedido más datos. Ebrio y atemorizado, no habría sido capaz de construir a una mujer que llenara aquel nombre. Lo eligió porque le vino a la cabeza el cuadro que adorna la sala de su casa: una ola fosforescente sobre terciopelo negro.

Mientras camina hacia el fondo del corredor donde está el lavadero, David ve camisetas y pantalones colgados en las ventanas secándose al sol. Piensa en que sus dueños tendrán que ponerse las ropas húmedas para salir del albergue y recorrer las calles en busca de un trabajo, de alguien que les regale un taco, un cigarro, una cerveza o nada más su compañía. La necesitan para sobrevivir mientras llega la noche y puedan reintegrarse al albergue lleno de carraspeos, voces roncas y malos olores.

El lavadero está desierto. David se inclina sobre el agua estancada en la pileta. La primera vez que hundió las manos en ella pegó un grito: "Puta madre ¡está helada!" El responsable del albergue tomó la protesta a ofensa: "Si no te gusta, lárgate a un hotel." Cerca quedaba el *Veracruz* con la parvada de muchachas apenas vestidas con lycras diminutas y brillantes como la ola que adorna la sala de su casa.

II

Resignado, David se despoja de la camisa y se la amarra en la cintura para evitar que se la roben mientras se da un "baño de ovalito". El agua fría lo reanima, lo vuelve optimista. Tiene motivos para serlo: se aproxima la temporada navideña, los comerciantes necesitan quien les ayude a vender y a cargar. Él aún tiene buena voz y se conserva fuerte. Su reflexión le recuerda las burlas de su padre: "Me chingué para que estudiaras ingeniería y ¿de qué sirvió? Ni siquiera puedes ganarte los frijoles que te tragas."

David confió en que su madre saldría en su defensa como otras veces, pero ella tomó el bando contrario: "Tu padre tiene razón. Piensa en qué harás cuando ya no vivamos. Ahora, mal que bien, tienes casa y comida."

Fue inútil que David le describiera de nuevo su viacrucis: cuando terminó su carrera la falta de experiencia le cerró las puertas de empresas y despachos. Después encontró nuevos obstáculos: a sus veintiocho años resultaba muy joven para algunas responsabilidades o demasiado viejo para otras. ¿Qué podía hacer? Su madre permaneció inmutable, silenciosa, congelada como la ola en el cuadro.

David termina de lavarse y se desamarra la camisa. Al secarse con ella se da cuenta de que huele como las toallas de los baños *Tigris* en donde trabajó. El salario era pésimo pero le agradaba su empleo porque le concedía la ventaja de vivir en el cuarto de las lavadoras. Entre las máquinas redondas y enmohecidas puso su catre y conectó una radio. En medio de aquella miseria se sentía feliz, libre: quizá porque en la pared no colgaba su título de ingeniero que le diera conciencia de su fracaso.

David se enjuga el pecho y se mira el tatuaje. Uno de sus compañeros en los baños *Tigris* le aconsejó que se lo borrara. Los patrones siempre desconfían de quien lleva semejantes marcas, no importa si es una virgen, una flor, una calavera o el nombre de Marina. David permitió que se lo grabaran sólo para quedar bien con El Zurdo y su pandilla. Necesitaba sentirse aceptado por alguien después de que sus padres le habían dado la espalda.

Se pone la camisa húmeda y se alisa el cabello con los dedos. Quiere causarle buena impresión a don Celso, convencerlo para que le permita atender uno de sus negocios. El Zurdo le recomendó que no se pusiera remilgoso ni le dijese a don Celso que estudió ingeniería: "Pensará que por estar titulado te sientes muy acá y vas a pedirle más sueldo."

El aroma del café lo seduce y se encamina al comedor. La primera mañana que entró allí fue a sentarse junto a un hombre envuelto en una cobija a cuadros que había dejado su dentadura en la mesa sobre una servilleta de papel. No la usaba para comer, le dijo, por temor a que se le rompiera un diente y a dar mal aspecto. David no pudo contener una carcajada pero el hombre, lejos de mostrarse ofendido, le dio las gracias: tal vez llevaba años sin escuchar la risa de alguien dirigida a él.

David se detiene a las puertas del comedor. Desde lejos, por el silencio, parecería desierto; pero está lleno de hombres que comen sin levantar los ojos, sin moverse para no invadir el sitio del vecino, para no cometer una falta que les prohíba el acceso al albergue: un fondeadero.

Toma una charola y se acerca a la mesa donde tres hombres se encargan de entregar las raciones de pan y café con leche: "¿Una concha o dos bolillos?" David opta por lo segundo. Pone en práctica el consejo que le dio una prostituta milenaria: "Hazle como yo: siempre que salgo a trabajar procuro meterme en la bolsa un pan; así, aunque no me caiga ningún cliente, al menos tengo la seguridad de que comeré algo porque con el estómago vacío pues no dan ganas..." David se arrepiente de no haberle preguntado: "¿Ganas de qué?" pero imagina la respuesta: "De vivir."

Se guarda un bolillo en la bolsa y remoja el otro en el café con leche. La bebida tibia le produce una sensación placentera, idéntica a la que sentía cuando entraba en los compartimentos de los baños para entregarles a los clientes las toallas o el jabón. Piensa con rabia en El Zurdo. Si no fuera por él no tendría el pecho tatuado ni hubiera perdido su trabajo en los baños *Tigris*. Reflexiona: "Pero también, gracias a él, hay *chance* de que hoy consiga trabajo."

Lo asalta el temor de que don Celso le niegue la oportunidad. De ser así no tendrá fuerzas para seguir buscando y poniéndole buena cara al mal tiempo. ¿En qué momento empezó? A lo mejor cuando dijo que no quería ser un "pinche cargador", como su padre, sino ingeniero. "¿Por qué eliges esta profesión?", era la última pregunta del cuestionario de ingreso a la Universidad. Tardó en escribir la respuesta: "Porque me permitirá hacer obras importantes, útiles, bonitas."

Respondió con la verdad. En aquel momento, hace ya veinte años, él pensaba que era posible realizar los sueños. Daría cualquier cosa por creerlo otra vez y sentirse capaz de hacer algo bueno. No lo consigue. Demasiadas puertas se le han cerrado, incluidas las de su casa. Durante los últimos meses que vivió allí se sentía incómodo, atrapado como la ola que adorna la sala. Sonríe al pensar que su madre ya estará sacando del clóset el arbolito de aluminio, las esferas y las guías de luces que apagará cada noche por temor a un incendio y a perder *sus cosas*.

III

"Cuando terminen lavan sus tazas", ordena un empleado al pasar. David obedece y toma su sitio en la fila ante el fregadero. Un indigente se vuelve y le muestra su plato: "Está numerado como si fuera a robármelo." David se apresura a lavar su taza. Antes de colocarla en el escurridero comprueba que también está marcada. En otra época habría protestado por la desconfianza. Ya no lo hace. Las humillaciones y las injusticias son parte de la vida que arrastra.

Se mira la muñeca izquierda y lamenta haber rematado su reloj. "Diez varos y di que te fue bien." Se precipita hacia la puerta y ve un hervidero de vendedores ambulantes, menesterosos, inválidos. Pregonan, cantan, hacen malabarismos, extienden las manos suplicando una dádiva; algunos permanecen hundidos en el silencio esperando la muerte.

David no quiere convertirse en uno de ellos, tiene que resistir, olvidarse de su título, renunciar a sus sueños, borrarse el tatuaje, suplicarle a don Celso que le permita trabajar vendiendo sus mercancías chinas. Si hoy no lo consigue al menos tiene un pan en el bolsillo y la posibilidad de volver al fondeadero.

La última odalisca

Mi carne pesa y se intimida…
Ramón López Velarde, "La última odalisca"

I

EL COCHE DE MI PAPÁ ERA PEQUEÑO. AÚN NO LOGRO EXPLI-
carme cómo pudimos caber en él cinco viajeros con maletas, dos
bancos plegables, una hornilla para asar carne y los disfraces de
odalisca que mi hermana y yo habíamos usado en el festival de la
primaria en donde bailamos *En un mercado persa.*

Estábamos a punto de subirnos al automóvil cuando una vez
más Lila —es nuestra tía pero nos pide que sólo la llamemos por
su nombre— regresó al departamento para asegurarse de que en
su equipaje no faltara nada. Aunque fingía indiferencia todos no-
tábamos su interés por conocer a Toño Ricalde.

Para mi hermana y para mí era motivo de burla que una viuda
cuarentona anduviese ilusionada como una adolescente. Mi madre
veía en ese renacimiento una bendición porque, según ella, después
de cuatro años de viudez, Lila debía rehacer su vida.

II

A pesar de que nunca lo habíamos visto, para nosotros Ricalde
era una persona muy familiar porque mi padre lo mencionaba con

163

frecuencia. De jovencitos habían sido aprendices en un taller de orfebres y luego obreros en la fábrica de paraguas donde seguía trabajando mi padre. Su amistad se interrumpió cuando Toño se fue a los Estados Unidos orillado por las constantes desavenencias con su familia.

Recién viuda, Lila se mudó a nuestra casa. Todo el tiempo lloraba por Renato —su marido, cinco años más joven— y por los dolores de muelas que la habían martirizado desde chica. Por las noches, cuando sus padecimientos eran intolerables, marcaba con un lápiz-tinta los sitios más adoloridos de la encía. Este recurso la ayudaba para guiar al dentista. A la hora del desayuno, cuando Lila se sentaba a la mesa con los labios manchados de violeta, Isaura y yo apenas podíamos contener la risa.

Lila consultó a infinidad de odontólogos sin que ninguno lograra darle alivio. Al fin encontró un cirujano que prometió liberarla de las torturas poniendo en práctica un método infalible: la extracción total.

Aunque mis padres le recomendaron que escuchara otras opiniones antes de someterse a la operación, Lila no dio paso atrás. No le importaba pagar un precio tan alto con tal de no seguir sufriendo y además, insistía, sin su Renato no le importaba verse desdentada. La situación era menos drástica de lo que ella imaginaba: en cuanto cicatrizaran las heridas el médico iba a ponerle dos placas que mejorarían su aspecto y la mayor de sus cualidades: su sonrisa.

Todo ocurrió según lo planeado, excepto que Lila se negó a usar la dentadura postiza porque le molestaba y le producía náuseas. Poco a poco nos acostumbramos a ver su rostro enjuto, arrugado como una fruta expuesta al sol durante mucho tiempo.

III

La operación fue en marzo. Un domingo de diciembre, a la hora de la comida, sonó el teléfono. Era Toño Ricalde. Radicaba en San

Luis, había venido para comprar una máquina planchadora y le sugirió a mi padre que cenaran juntos.

A su regreso nos puso al tanto de la situación de Ricalde: en los Estados Unidos había logrado conseguir buenos trabajos pero su vida sentimental no resultó tan exitosa. Su última pareja lo abandonó. Su decepción fue tan grande que decidió renunciar para siempre a las mujeres y volver a México.

Uno de sus amigos de San Diego le dijo que llevaba tiempo queriendo llevarse a sus padres a vivir con él. Ellos no habían aceptado porque no lograban traspasar su tintorería en San Luis. Toño se mostró interesado. Al poco tiempo dio sus ahorros como adelanto y firmó documentos por el resto de la deuda. Confiaba en saldarla antes de lo previsto porque el negocio iba muy bien.

"¿Y cómo dio contigo?", le preguntó mi madre. Sin demasiadas esperanzas, Toño había hablado a la fábrica de paraguas y allí obtuvo nuestro número. En la conversación mi padre le contó a Ricalde que llevaba trece años de casado, tenía dos hijas —Isaura y yo—, ya era subgerente de la fábrica y proyectaba convertirse en socio.

Al despedirse Toño le dijo a mi padre que nos llevara unos días a su casa de San Luis. Era buen momento porque en el barrio donde él vivía antes de las posadas se organizaban fiestas muy divertidas y hasta bailes de disfraces. El plan era muy seductor y además Isaura y yo estábamos de vacaciones. Mi madre contestó que había un problema: Lila. Temerosa de que la despidieran del laboratorio, jamás faltaba a su trabajo. Por otra parte, ni pensar en dejarla sola en pleno diciembre.

Lila, en efecto, se negó a pedir vacaciones. Mi madre intentó convencerla: "Dile a tu jefa que llevas años sin que te haya dado ni un día de descanso. Además, sólo nos iremos una semana."

Inútil. Nuestras vacaciones estaban en riesgo pero las salvamos gracias a la habilidad de mi madre. A todas horas, viniera a cuento o no, mencionaba a Toño Ricalde: "Se fue muy joven a los Estados Unidos. Él solito logró abrirse camino y ahora, mírenlo, hasta tiene su propio negocio... Ay Lila, siento lástima por él: le contó a Jorge que está muy desmoralizado y no piensa casarse. Lástima porque se me figura que sería muy buen partido."

Cuando mi madre se dio cuenta de que Lila no se interesaba por Ricalde, fue al grano: "El tiempo pasa. Dentro de unos años no será fácil que encuentres una pareja. Sería bueno que conocieras a Toño. Si no congenian, bueno, pues ¡ni modo! Ándale, vente con nosotros a San Luis para que al menos salgas un poquito de la rutina."

Lila cambió de actitud: dijo que iba a pedir una semana de vacaciones. No porque tuviera interés en Ricalde, sino porque en verdad se sentía agotada y harta de haber hecho el mismo trabajo tantos años. Antes del viaje Lila se hizo rizado permanente, compró ropa y una guía turística de San Luis Potosí.

IV

Llegamos a un hotelito con piso de mosaico amarillo, jaulas con pájaros en los corredores y muy escasa luz en las habitaciones. Isaura, Lila y yo compartimos una. Apenas habíamos empezado a desempacar cuando apareció mi padre. Se alegró de ver nuestros trajes de odaliscas en la cama. Toño acababa de llamarlo por teléfono para decirle que iba a llevarnos a una kermés donde los niños, y también los adultos que lo desearan, podían ir disfrazados. Mi hermana y yo saltamos de felicidad. "Ya no estén jugando. Apúrense porque Toño pasará a recogernos a las siete."

¿Por qué tanta prisa? Eran las cinco. Nos quedaban dos horas de descanso. Lila nos dijo que prefería arreglarse de una vez. Salió del baño perfumada y con vestido nuevo. Cuando mi mamá entró para avisarnos que Toño ya estaba en la recepción se quedó sorprendida ante el aspecto de Lila. "¡Qué bonito te arreglaste el cabello! Y qué bueno que te pusiste tacones porque te favorecen mucho." Lila dijo que a su edad ya nadie se ve bien. Fue a tomar una pañoleta y la llave: "Listo. ¡Vámonos!" Mi madre la detuvo: "Espérate: no te has puesto los dientes. ¿En dónde los tienes?"

Revolvimos la ropa pero no encontramos el estuche con la dentadura. Entre los nervios y la falta de costumbre de usarlos, Lila se había olvidado de ponerlos en su maleta. Por la forma en que dijo que renunciaba a salir chimuela, hasta mi hermana y yo nos dimos cuenta de lo mucho que Lila se había ilusionado con Toño.

V

Sonó otra vez el teléfono. Era mi padre, furioso porque no bajábamos. "Ay Jorge, es que las niñas no han terminado de vestirse. Ahorita vamos." Reemprendimos la búsqueda. Fue inútil. Lila se arrojó en la cama y se puso a llorar: por ningún motivo quería que Toño la conociera sin dientes. Con la mejor de las voluntades mi hermana Isaura le propuso una solución: "¿Por qué no te pones mi disfraz de odalisca? Bueno, los pantalones no te van a quedar pero el turbante sí y como tiene un velo que cubre la mitad de la cara..." Los gemidos de Lila fueron desgarradores.

El teléfono volvió a sonar. De nuevo era mi padre. Toño ansiaba conocernos. "¡Váyanse ustedes! Yo no salgo", gritó Lila. Mi madre le aconsejó que aceptara la sugerencia de Isaura. "Está bien: me tapo la cara y Toño no se dará cuenta de que no tengo... sonrisa; pero cuando me hable tendré que contestarle. Entonces notará que me faltan los dientes."

Era urgente encontrar una solución. Se nos ocurrieron las más absurdas: que Lila fingiera tener cerrada la garganta. Que mi madre le informara a Toño que Lila había perdido temporalmente la voz a causa de un disgusto... Nuestra tía no aceptó ninguna de nuestras proposiciones, le entró una temblorina espantosa y volvió a llorar mientras nosotras reemprendíamos la búsqueda. Al fin acabó por insistir en que nos fuéramos sin ella. "¿Y cuando mi esposo me pregunte por ti, qué le digo?" "Lo que quieras: que me llamó un antiguo novio, me invitó a cenar y, después de tantos años de no vernos, quiere que pasemos todo el tiempo juntos."

Mi madre siguió al pie de la letra las instrucciones. Toño dijo que ya habría tiempo de conocer a Lila y mi padre quedó convencido, por el momento, de que nuestra tía, madura y desdentada, llevaba una vida secreta.

VI

Fueron unas vacaciones inolvidables. Toño Ricalde terminó diciéndonos "sobrinas" a mi hermana y a mí. La última noche prometió ir a despedirse temprano. Por súplica de mi tía adelantamos la salida. En la recepción Toño encontró un recado lleno de agradecimiento y la promesa de que, la próxima vez que fuéramos a visitarlo, obligaríamos a Lila a reservar una tarde o una noche para pasarla con nosotros.

Durante el viaje de regreso casi no hablamos. Lila estaba avergonzada, triste de pensar que de no haber sido porque olvidó su dentadura a esas horas tal vez sería la novia de Toño Ricalde.

Kilómetro 73

I

A LO MEJOR ME CONSIDERA UN TONTO POR LO QUE VINE A
decirle: se lo agradezco pero no acepto el trabajo que me ofreció.
Desde que hablamos estuve pensándolo bien y ya lo decidí. Sé que
con usted ganaría un poco más que en donde estoy ahora pero no
puedo dejar a aquella gente. Además ya me encariñé con el sitio
en donde vivimos.

En realidad no es un pueblo. Es más bien una colonia a la altura
del kilómetro 73 de la carretera que va al norte. La autopista queda a
cien metros de la casa que me asignaron. Recorrer esa distancia y
subirme al autobús que se detiene frente a la ermita me tomaría
minutos. Antes de que los colonos pudieran impedir que me fuera yo
estaría en el kilómetro 74 y luego en el 75 y así, siempre avanzando,
hasta devorar la enorme distancia que hay de allí a la frontera.

Para que me entienda mejor voy a serle sincero. Acepté ese
trabajo porque la colonia queda en la ruta de mi sueño: el norte.
Para mí nunca ha sido un punto cardinal sino un lugar concreto,
lleno de casas blancas, luminoso, en donde el viento arrastra las
nubes y deja el cielo limpiecito. Hágase de cuenta un jardinero
que con su rastrillo barre las hojas muertas hasta que los prados
quedan impecables.

¡Estoy frito! Anhelo el norte y añoro el viento. Antes en La 73 —como llaman por aquellos rumbos a nuestra colonia— soplaba durísimo, ya fuera por la mañana o por la tarde. Con decirle que hacía sonar las páginas del periódico que yo estuviera leyendo. Hubo ocasiones en que las ráfagas me las arrebataban y tenía que perseguirlas. Aunque no pudieran verme, los colonos se reían al oír cómo les mentaba la madre a las hojas mientras iba tras ellas, cegado por el polvo. Pica, es muy molesto porque allí la tierra carga bastantes minerales. Por las noches los caminos brillan bajo las luces. Si de niño hubiera conocido ese lugar habría pensado que la tierra estaba salpicada de plata.

II

A usted que es tan curiosa le interesará saber cuántos faroles hay en la colonia. ¡Seis por manzana! Cuando mi antecesor me explicó que una de mis obligaciones sería encenderlos al anochecer y apagarlos por la mañana pensé que ése iba a ser el aspecto más inútil y aburrido de mi trabajo. Según yo, dada la condición de las personas que viven en La 73, no había necesidad de encenderlos. Una noche me permití dejarlos apagados. Los colonos enseguida se dieron cuenta y amenazaron con despedirme.

Si va a preguntarme cómo se enteraron de que había dejado La 73 a oscuras no sabré responderle. Hay muchas cosas que aún ignoro acerca de aquellas gentes y de su colonia. Por ejemplo, quién la fundó y en qué año. Los artesanos un día me dicen una fecha y luego otra. No crea que me cambian el dato por burlarse de mí sino porque no les interesa tanta precisión en ese aspecto.

En otros sí. Me exigen que me refiera a ellos en calidad de "colonos", que no les diga "invidentes" sino "ciegos", que no los sobreproteja. Aunque todos hayan perdido la vista ya adultos, después de laborar durante años en las fábricas de los alrededores, viven en constante actividad. Ya se imaginará que su situación es muy difícil y sin embargo mantienen un ritmo de ocho horas de trabajo. Desde temprano se escucha el ruido de sus herramientas y de sus telares. Al final del mes la producción de artesanías es bastante buena.

Me han contado que al principio exhibían sus productos a la orilla de la carretera. El sistema era peligroso y no resultó eficaz porque los autobuses se detienen apenas cuatro o cinco minutos: poco tiempo para ofrecer la mercancía, venderla y cobrarla.

A mi antecesor se le ocurrió poner un letrero grande al lado de la ermita con una flecha indicando hacia La 73: "Variedad de artesanías a muy buenos precios." Enseguida empezaron a llegar los interesados y hasta el momento hay varias personas que compran regularmente parte de la producción. Vienen a recogerla en abril y en agosto. Por eso ahora en La 73 hay mucho trabajo.

El mío consiste en comprar comida y ropa, hacer pagos, hablarle al médico cuando se necesita pero sobre todo en leerles a los colonos las revistas y los periódicos que nos regalan las familias de los pueblos vecinos. Nuestros benefactores, como los llamo, nunca entran en la colonia —a lo mejor piensan que la ceguera es contagiosa— sino que dejan los bultos de publicaciones al pie de la ermita. Cada ocho días los recojo y luego clasifico los materiales que voy a leerles a los ciegos en su taller.

III

El sitio es bastante grande porque antes era una troje. Al único que le importa que tenga buena luz es a mí. Huele a maíz, está encalado y hay lugar de sobra para todo el mundo. Yo me siento junto a la pared del fondo y leo en voz alta mientras los demás trabajan.

Como las publicaciones son siempre atrasadas me resulta muy extraño leer noticias de cosas que ocurrieron semanas o meses atrás. Los colonos también lo saben porque escuchan la radio y la televisión —cada quien tiene la suya: para mí es un desperdicio como el de los faroles— pero no les importa. Al contrario, los divierte y los tranquiliza conocer el desenlace de historias que cuando se publicaron eran toda una incógnita.

Fuera de las páginas políticas y de finanzas les interesa todo. Hay secciones que les gustan más que otras. La de viajes es su predilecta. En cuanto leo un artículo referente a un pueblo colonial o a una zona arqueológica, nunca falta alguno que haya estado allí. Lo dice como si gritara que halló un tesoro, suspende su trabajo y se pone a describirnos ese lugar, quién lo acompañaba, por qué calles anduvieron, frente a qué monumento se fotografiaron, qué flores había, de qué tono era el cielo.

Al escucharlos yo, que nunca he ido a ninguna parte, me convierto en viajero. Siento como si en ese instante anduviera recorriendo los pueblos y fuese yo quien se toma la foto o se detiene a la sombra de un árbol. Le parecerá increíble pero le aseguro que lo veo todo. Entonces me parece que se cambian los papeles: yo soy el ciego al que un vidente le describe lugares desconocidos para él.

Muchas veces me he puesto a pensar en cómo recordarán ellos las formas y, sobre todo, los colores. Antes se me antojaba preguntárselos pero ya no. Me lo dice la forma en que aluden al rojo, al verde, al amarillo... El que más les gusta es el azul porque les recuerda el mar. Todos lo vieron al menos una vez. Yo todavía no. Cuando se los confesé pensaron que era broma. Uno de ellos me dijo algo que no olvido: "Si Dios nos otorgó la vista fue para que pudiéramos deleitarnos con esa maravilla que es el mar." Un día que tenga tiempo voy a ir a conocerlo. Espero que sea como me lo han descrito en La 73: interminable, inquieto, azul.

IV

Entre las publicaciones que nos regalan hay muchas revistas de modas y de belleza. Cuando se las leo se produce un ambientito medio raro. Los colonos hacen comentarios tremendos, bromas bastante subidas de tono y repiten los mismos chistes obscenos. Se ríen a carcajadas pero al final algunos terminan deprimidos. Pienso que en esos momentos tratan de imaginarse a las mujeres que nunca tuvieron porque me preguntan cosas... No voy a decírselas porque parecería que le falto al respeto, sólo le digo que me resulta tan difícil contestarles como cuando ellos procuran describirme el mar.

Varios de los ciegos que viven en La 73 son casados y tienen hijos, pero ni ellos ni sus esposas los visitan. Al menos desde que yo trabajo allá sólo han llegado grupos de turistas. Hay pocos mexicanos. Casi todos vienen de Estados Unidos o de Europa. Nos lo aclara el guía que los acompaña y se encarga de traducir sus elogios y regateos. Cuando los oigo hablar en lenguas que de plano me suenan muy raro, me entra curiosidad por saber cómo sonarán en sus países las descripciones que los ciegos hagan de los lugares que alguna vez miraron y a los que sólo volverán a ver en su memoria.

Ha de parecerle muy extraño todo lo que le digo. No me asombra porque me sucede lo mismo. Es más, ya hasta me entró la curiosidad por saber qué me ha hecho hablarle así. Vine sólo a decirle que no iba a tomar el trabajo que me ofreció y acabé contándole cómo es mi vida en La 73. Dirá usted que es aburrida y que no tiene chiste. Para mí sí: leyéndoles a los ciegos he visto el mundo.

La casa grande

I

—A LA EDAD EN QUE TENDRÍAMOS TODO EL DERECHO A JUBI-larnos, estamos empezando otra vez.

Amanda escucha siempre ese lamento en boca de su marido. Sabe que seguirá oyéndolo hasta que Ricardo se sienta liberado de tantas responsabilidades. Por lo pronto, lo único que ella puede hacer es mostrarse optimista por encima de su propio desánimo y el dolor de rodillas.

—Aunque no lo creas, me emociona pensar que a estas alturas de nuestra vida estemos comenzando de nuevo.

—Amanda, a nuestra edad no creo que lleguemos muy lejos. O de veras crees que con mi pensión y lo que saquemos con tu taller nos alcanzará para el predial, el agua, la luz, el gas, las reparaciones de la casa que nunca terminan: cuando no se descompone la bomba del agua se cuartea una pared. Y todo eso hay que pagarlo, aparte del teléfono. Este mes el recibo llegará altísimo. Llamaste a Puebla, Cancún, Veracruz, Monterrey... ¡Carajo! Ni que fueras la Secretaría de Turismo.

Desde que hizo las llamadas, Amanda supo que tendría problemas con su marido y se alistó para enfrentarlos:

—Con esto de los huracanes quería saber cómo están mis hijos.

—Debiste esperar a que ellos te llamaran. Ninguno nos da un centavo y ahora resulta que pagamos para recordarles que somos sus padres...También hablaste a San Diego: hasta allá no alcanzó el huracán.

—Le hablé a Adrián para ver cómo estaban él y Margie. Y también para decirle que voy a empacar las cosas que nos dejó porque necesito *su* cuarto: da a la calle, es ideal para mi taller.

—¿Qué opinó de que otra vez vayas a meterte en eso?

—Nada. Sólo me dijo que le echara muchas ganas y que ojalá me vaya bien.

—Y de mandarnos algo de dinero ¿qué? —Ricardo ve que su esposa inclina la cabeza: —Ya me imagino: ni media palabra. No me extraña: todos son iguales.

—Tienen su vida, sus familias, sus compromisos...

—¿Los míos no te interesan? Por darte gusto cuando me decías: "Los niños necesitan su propio espacio", ahí iba el estúpido de tu marido a pedir préstamos, horas extras, favores, todo con tal de hacerles sus recámaras a tus hijos. ¿Y de qué sirvió? Crecieron, se largaron y tú y yo nos quedamos en este armatoste vacío que me cuesta una fortuna sostener.

—No seas tan negativo: tenemos un techo seguro.

—Ni tanto: si me retraso en las mensualidades de la hipoteca nos lo quitan y entonces ¿qué?

—Pues nos vamos a un departamentito.

—Sin el aval de una propiedad tendríamos que entregar un depósito de tres meses para que nos lo rentaran. ¿De dónde vamos a sacarlo? Además ¿has visto de qué tamaño son ahora los departamentos? En ninguno cabríamos con todas las cosas que tenemos.

—La mayor parte es de los muchachos.

—¿Y para qué las guardaste? Ah sí, ya lo sé: por si alguna vez las necesitaban o querían heredárselas a sus hijos. A mis nietos, metidos en la computadora y en el Internet, ¿crees que puedan interesarles una bicicleta vieja, un triciclo, un teatrito de madera?

—Déjate de cosas: si lo que quieres es decirme que por mi culpa tenemos esta casa tan grande, pues dilo ¡y ya! —Amanda acaricia su máquina de coser: —Después de todo yo también invertí en construir estos cuartos el poquito dinero que gané. Y no me arrepiento: gracias a eso mis hijos tuvieron sus espacios. ¿Crees que lo hayan apreciado?

—Como que ya es un poco tarde para que me lo preguntes ¿no te parece? Ahora lo importante es que me digas cómo podremos seguir manteniendo la casa.

—Espérate a ver cómo me va con el taller. Si no funciona, podríamos alquilar los cuartos.

—¿A quién: a "señoritas" o a "caballeros respetables? Ya no se puede confiar en nadie. Imagínate que le rentas a un fulano y por quitarnos la casa nos da de puñaladas.

—Me asustas con tus exageraciones.

—Te aseguro que no es nada en comparación con lo que leo en los periódicos.

—¡Ya cállate! —El grito de Amanda desconcierta a Ricardo: —En lo único que piensas es en el dinero.

—Yo no: el banco, Hacienda, la Compañía de Luz. Por cierto, anoche dejaste prendido el foco de la cocina. Procura tener más cuidado.

—¿Querías que anduviera a oscuras?

—No, pero que apagues cuando salgas, eso es todo. Y no te lo digo sólo por el gasto sino por el calentamiento de la Tierra. ¿De qué te ríes?

—De que ahora me vas a salir con que voy a causar un desastre ecológico porque dejé encendido un foco "ahorraenergía" de cuarenta watts.

—Porque mucha gente ha pensado lo mismo que tú estamos al borde del desastre, y en menos de que te lo imaginas ¡adiós!

—Entonces no vale la pena preocuparse tanto.

—Búrlate todo lo que quieras, un día me darás la razón.

—Pero antes, ¿por qué no vas a la tienda de Chicho a ver si nos regala unas cajas de cartón? Hoy mismo quiero empacar las cosas de Adrián.

—Ya que estás tan *ejecutiva* ¿por qué no pones una venta de garage?

—¿Cómo se te ocurre? Pienso llevarlo todo a la parroquia. Allí va mucha gente pobre y puede que alguna de las cosas les sirvan.
—Ve a Ricardo encaminarse hacia la puerta y decide ejercer una pequeña venganza: —No dejes las llaves pegadas como la otra tarde. Si no ha sido porque me las entregó la vecina, a estas horas quién sabe qué nos habría sucedido.

II

A solas Amanda ya no necesita disimular sus preocupaciones. Tal vez se equivocó insistiéndole a Ricardo en que compraran un terreno para construir una casa y agrandarla conforme la familia creciera. Actuó de buena fe: quiso evitar que sus hijos pasaran su infancia, como ella, hacinados en dos cuartos, sin espacios para moverse, jugar, esconder sus pequeños secretos. Cuando algún pariente los visitaba se sentía muy orgullosa de una casa que iba aumentando a la medida de sus necesidades.

A cambio de esa enorme satisfacción ella y Ricardo habían hipotecado los mejores treinta años de su vida para cubrir sus deudas "en cómodas mensualidades". El sueño de vivir un poco más desahogados se diluyó ante una nueva exigencia: contribuir a que sus hijos se instalaran en sus nuevas vidas.

Orgullosos, tristes en secreto, Amanda y Ricardo aceptaron la partida de sus hijos que siempre dejaban atrás objetos, prendas y la promesa de volver muy pronto a recogerlas. Durante mucho tiempo las habitaciones estuvieron llenas de ropa y accesorios inútiles; luego todo se donó a hospicios y asilos, excepto las pertenencias de Adrián.

El vacío de las habitaciones duplicaba los pasos de Amanda con el eco de todas las ausencias. Para sofocarlo se repitió la enseñanza de sus padres: "Es la ley de la vida." Cuando flaqueaba le sugería a su marido que cambiaran la decoración o el mobiliario. La respuesta de Ricardo siempre era la misma: "Solos, ¿para qué queremos más cosas? Mejor deberíamos deshacernos de lo que tenemos."

Más que por la urgencia de ganar dinero, Amanda pensó en establecer su tallercito para disminuir el vacío dejado por sus hijos. Son buenos muchachos, si no los visitan más es por falta de dinero, de tiempo, pero nunca de amor. De eso está segura Amanda, aunque sólo Margarita se lo diga las raras veces que le habla por teléfono.

III

—¡Ya vine! —El grito de Ricardo y el rumor de la cadena con que asegura la reja la devuelven a la realidad.

—¿Conseguiste las cajas?

—Dos nada más. Chicho me dará otras en cuanto las desocupe. De paso le conté que vas a montar un taller de costura para que se lo diga a las vecinas.

—Hiciste lo mismo cuando llegamos a vivir aquí, hace más de treinta años ¿te acuerdas?

—Sólo que entonces éramos jóvenes y tener una casa grande nos ilusionaba. Ahora, por lo menos a mí, me aterroriza. ¿Con qué vamos a sostenerla? Y además para qué si estamos solos.

La batalla perdida

I

IRENE PROCURA CONVENCERSE DE QUE, AL MENOS POR EL MOmento, lo principal es recuperar la serenidad. Más tranquila podrá inspirarse recordando las historias de suicidas que durante años ha estado leyendo en los periódicos. Mientras acuden a su mente decide buscar entre sus papeles: tal vez halle la estadística que recortó de una revista. En ella un tanatólogo danés afirmaba que los varones ocupan el primer lugar entre las personas que deciden "salir por la puerta falsa".

Ese dato no le aportará nada. Será mejor concentrarse en los casos específicos. Por la mente de Irene desfilan sólo episodios vulgares en los que la decisión de morir encontró un cómplice efectivo en armas, venenos, cables, cuerdas, alcohol mezclado con pastillas, detergentes, insecticidas, aparatos eléctricos.

Esto le recuerda una historia extraordinaria: "Decepcionada por las constantes infidelidades de su amasio, Nicolasa N. decidió introducirse en la lavadora de la tintorería donde prestaba sus servicios. Dada su pequeña estatura Nicolasa N. logró ese propósito mas no el de privarse de la vida, pues en el momento en que accionó la máquina fue descubierta por la encargada del negocio."

Irene siente curiosidad por saber qué habrá pasado con Nicolasa N. Es posible que, abrumada por las burlas de sus compañeros, haya tenido que renunciar a su empleo en la tintorería. Tal vez ella se vea obligada a hacer lo mismo en la inmobiliaria donde trabaja si no encuentra una buena justificación para explicar que Marcia la haya descubierto gimiendo y convulsionándose junto a la taza del excusado. Su amiga prometió guardarle el secreto pero ella la conoce muy bien y sabe que basta con pedirle a Marcia discreción para que se convierta en altavoz de las intimidades ajenas. Puede imaginarse a su amiga haciendo comentarios burlones con medio mundo, inclusive con Wenceslao.

Toda la atracción que Irene ha sentido por ese hombre de pronto se convierte en odio. Por culpa de él estuvo a punto de perder la vida en el momento menos propicio —el séptimo aniversario de la inmobiliaria— y de la manera más bochornosa: atrapada en una faja reductora que le interrumpió la circulación y estuvo a punto de cortarle el aliento. De no haber sido porque Marcia entró en el baño, a estas horas ella estaría muerta o por lo menos paralizada de medio cuerpo.

Le queda poco tiempo para inventar una historia que la salve del ridículo. En cuanto la tenga bien pensada llamará a Marcia para contársela y pedirle otra vez, pero con más vehemencia, que mantenga en secreto el misterio oculto tras la escena del baño.

Irene experimenta la excitación que debe sentir un escritor de novelas policiales cuando urde tramas, rastrea pistas, ata cabos, arma coartadas hasta que al fin descubre los móviles del verdadero culpable. En su historia no serán los kilos de más, ni la faja reductora sino el amor. Para celebrar su conclusión Irene se dirige a la cocina y se sirve una taza de café. Con ella entre las manos da vueltas por su departamento —como deben de hacerlo quienes escriben novelas policiales— y comienza a inventar la historia que le contará a Marcia. Disfruta por anticipado el asombro con que su amiga le preguntará: "De veras hay algo entre tú y Wenceslao? Pues qué guardadito se lo tenían porque yo jamás me lo imaginé."

A las diez de la noche Irene descuelga el teléfono y marca el número de Marcia. La saluda tal como lo imaginó:

—¿Te desperté?... No, no te preocupes, ya me siento muy bien. Comprendo que es una impertinencia llamarte a estas horas pero quería agradecerte lo que hiciste por mí y también explicarte algo. Después de lo linda que fuiste conmigo, me siento obligada a contarte la verdad.

Irene se muerde los labios y enrojece mientras escucha a Marcia: "No te imaginas el sustazo que me llevé cuando entré al baño y te encontré en el suelo, con el brazo atorado en la faja y luchando por sacártela. Llorabas, tenías la cara amoratada... Pobrecita, me imagino cuánto habrás sufrido. Qué bueno que ya pasó todo y que te sientes bien. Irene, prométeme que no volverás a someterte a esa tortura china y que harás la dieta que te recomendé. Me sudan las manos sólo de recordar lo de esta tarde. ¿Qué tal que no voy al baño? Pudiste haberte asfixiado.

—Eso es lo que quería: matarme. Sí, como lo oyes: matarme. Sin tener a quién revelarle mi secreto y pedirle un consejo, me sentí desesperada.

Marcia reacciona tal como Irene lo había previsto: —Somos amigas, debiste hablar conmigo. O qué ¿ya no me tienes confianza...? Pues entonces dime lo que te sucede. ¿Estás enferma? ¿No? Me alegro. ¿Creíste que ibas a entrar en el recorte de personal? Si te desesperaste por eso, deja de preocuparte: ya vi la lista y no está tu nombre. ¡Por Dios, dime qué fue!

—Estoy enamorada de Wenceslao.

El rostro de Irene se ilumina con una sonrisa maliciosa al escuchar a su amiga: —¿De Wenceslao, el de facturación? Sí, ya sé que no hay otro con ese nombre en la inmobiliaria, pero es que apenas puedo creerlo. Te juro que nunca me lo imaginé. ¿Y desde cuándo?

Irene no había pensado en que Marcia le haría esa pregunta y titubea:

—Bueno es que... Eso no importa. Sólo puedo decirte que mis sentimientos hacia Wenceslao fueron cambiando sin que yo me diera cuenta hasta convertirse en amor. Todo el tiempo necesito verlo, estar cerca de él. Cuando Wenceslao no se presenta en la inmobiliaria siento que mi mundo se desploma y pierdo el interés por todo. ¡Qué cosa! Ni yo misma puedo creer que a estas alturas de mi vida me haya sucedido algo así. De seguro te parezco una vieja cursi, ridícula.

Marcia se ofende: —¿Por qué siempre piensas que te estoy juzgando? Soy tu amiga, no tu juez. Te acepto como eres, respeto lo que haces; ah, pero eso sí, no te perdono que me hayas ocultado tu amor hacia Wenceslao. ¿Él te corresponde?

Irene sabe que ha llegado al punto en que su relato debe resultar magistral:

—Creo que sí. Aunque no me ha dicho nada, lo noto en sus atenciones, en su forma de mirarme y de sonreírme. Es algo muy hermoso, pero hoy, cuando vi a Wenceslao bromeando con las muchachas, comprendí que lo nuestro no tiene futuro y decidí suicidarme ahorcándome con mi faja, lo único infalible al alcance de mi mano. Lo habría conseguido si no hubieras entrado al baño cuando...

Marcia no disimula su asombro: —¿Qué? ¿Ibas a suicidarte por Wenceslao? No lo entiendo: si tú lo quieres y él te corresponde ¿cuál es el problema?

—El calendario: Wenceslao es nueve años más joven que yo. Lo sé desde la tarde que olvidó su credencial de elector en mi escritorio, pero no le di importancia. Me dije: en el mundo hay muchos hombres jóvenes que deciden casarse con mujeres mayores, Wenceslao podría ser uno de ellos. Hoy me di cuenta de muchas cosas, entre otras de que ya no puedo darle hijos y sé que él está muy ilusionado con formar una familia. Tiene derecho a ser feliz; yo, en cambio, sin él no podré serlo y por eso decidí quitarme la vida.

Irene escucha los sollozos de Marcia y apenas puede comprender lo que dice: —Te admiro. Yo en tu caso, con tal de vivir un amor tan intenso, aunque sólo fuera por un tiempo, pasaría por encima de todo. Ves cómo es cierto lo que te he dicho tantas veces: eres mejor persona que yo.

—No hables así. Prométeme que no le dirás a nadie lo que acabo de contarte, no quiero que Wenceslao vaya a enterarse. Ahora que ya lo sabes todo creo que debo colgar, pero antes necesito pedirte que nunca volvamos a hablar de *eso:* quiero olvidarlo. ¿Me entiendes, verdad? Gracias, gracias por todo.

III

Después de colgar Irene permanece junto al teléfono. Tiembla y llora. Le gustaría que la historia que acaba de inventarle a su amiga fuera real y que detrás de ella no existiera una sola verdad: cuando se enteró de que la inmobiliaria iba a celebrar con una comida sus siete años de existencia, pensó en Wenceslao, quiso atraerlo mostrándose ante él esplendorosa y delgada. No tenía el tiempo necesario para hacer efectiva una dieta así que compró la faja reductora que había visto anunciada en la televisión

Esta mañana en cuanto se la puso —por cierto, con muchísimas dificultades, aunque siguió al pie de la letra el instructivo— sintió un breve sofoco, pero no le dio importancia. Estaba segura de que al paso de las horas la prenda se volvería, según la publicidad, "una piel fiel a tu piel".

El malestar siguió agravándose y después de los discursos, la comida y los brindis se volvió intolerable. Irene sintió mareos y serias dificultades para respirar, así que corrió al baño para quitarse la faja. El material elástico estaba literalmente pegado a su piel y por más esfuerzos que hacía no lograba librarse de la prenda. Cuando ya iba a pedir auxilio vio a Marcia, quien la encontró sudorosa, semidesnuda, asustada y al borde de la asfixia.

Navegaciones

I

"SI LLEGAS A TENER ALGÚN PROBLEMA NO TE PREOCUPES. TE puse las instrucciones tal como me lo pediste: en la última página de tu libretita. No creo que vayas a necesitar consultarla; pero de todos modos, por si acaso olvidas algo, guárdala bien." La sugerencia de Emma justificó a Olivia para meter la agenda en el fondo de su bolsa, bajo el estuche de cosméticos y el paquete de pañuelos desechables. "No te dije que la escondieras sino que la guardaras bien", dijo Emma sonriendo al despedirse.

En cuanto Olivia se quedó sola en la oficina volvió a sacar la agenda. Sobre sus tapas rígidas, desgastadas, la fecha era casi ilegible: 2005. Le provocó desaliento reconocer que en cuatro años sólo la había abierto para consultas breves, para agregar algunos teléfonos o poner crucecitas junto a los nombres de familiares y amigos muertos.

Ningún número era la clave de un secreto. Los anotados en los márgenes correspondían a establecimientos a los que Olivia pensaba que en algún momento iba a tener necesidad de recurrir: compraventa de muebles usados, comida casera a domicilio, tintorería express, cuidadoras nocturnas. Esto último para el caso de que su suegro enfermo necesitara ayuda adicional.

Lo único nuevo en su agenda eran las indicaciones escritas por Emma para facilitarle la búsqueda en una página *web*. Ante la curiosidad de su amiga, Olivia le aclaró que su interés era conseguir información acerca de servicios, tiendas, museos, pero sobre todo datos de otros países. Ahora menos que nunca estaba en condiciones de viajar pero en compensación podría hacerlo a través de la red.

En el remoto caso de que su marido descubriera lo escrito por Emma, ella podría darle la misma explicación sin que él sospechara sus verdaderos propósitos: navegar, encontrarse con interlocutores ante los que pudiera presentarse como una persona distinta a la que es y sobre todo capaz de decirlo todo. Para lograr el contacto bastaría con escribir en su computadora la dirección electrónica de *Vértice: un punto de encuentro*. La había mencionado una representante de la agencia cuando explicó en la televisión que muchos hombres y mujeres recurren al servicio básicamente por dos razones: inventarse una personalidad y encontrar a alguien que los oiga. El hecho de que la entrevistada hubiese aclarado que ya eran pocas las personas que recurrían al servicio en busca de pareja estable la tranquilizó ante sí misma: ni remotamente estaba tratando de engañar o deshacerse de su esposo.

Olivia reconoció que a partir de que vio ese programa había estado procediendo como un criminal que prepara una coartada. La fascinaba el hecho de sostener un diálogo sin riesgo alguno y por tiempo indefinido. Cuando se hartara de sus interlocutores bastaría con oprimir una tecla para que todo desapareciera como una raya en el agua.

Volvió a leer las instrucciones: de tan simples eran innecesarias. Le había pedido a Emma que se las anotara para sentirse acompañada en su aventura. Trató de imaginar la cantidad de mujeres que en ese momento estarían haciéndose las mismas reflexiones y sintiéndose tan culpables como ella por el hecho de guardar un mínimo secreto.

Antes de solicitar el servicio de *Vértice: un punto de encuentro* Olivia decidió adoptar el nombre de su muñeca predilecta cuando era niña: Edna. Podía atribuirse la edad que quisiera pero su tendencia supersticiosa le aconsejó invertir las cifras de su edad real: cuarenta y dos años que por arte de magia iban a convertirse en veinticuatro. En cuanto al físico, seguiría el modelo impuesto por revistas y anuncios: piel clara, ojos castaños, pelo cobrizo, complexión delgada, 1.70 de estatura. Este esquema lo enriquecería según el tono de las respuestas que obtuviera.

Ya ante su computadora la asaltó una curiosidad: ¿qué sucedería si se mostrara ante el interlocutor virtual como quien era en realidad? "Olivia Serrano de Arévalo. Complexión regular, tez morena, ojos negros, pelo corto, 1.47 de estatura. Estudios: bachillerato. Casada y madre de dos hijos: uno becado en Canadá y otro maestro de educación física (por el momento sin empleo). Carácter: tímido. Ocupación: almacenista en laboratorio transnacional. Aficiones: cine, música, lectura y conversación. Temores: enfermedad, arañas y desempleo."

Leyó las líneas que acababa de escribir y pensó agregarles el motivo de su búsqueda. No le resultó tan fácil como creía. Su condición de esposa y madre no cuadraba con su aspiración, a menos que dijera toda la verdad: "Ricardo, el mayor de mis hijos, se fue huyendo de nosotros, de la vida familiar. De vez en cuando me manda mensajes lacónicos, en raras ocasiones me llama por teléfono y cuando le pregunto acerca de su retorno a México me responde con una pregunta: '¿Para qué si el país se está deshaciendo?'

"Hace tiempo que José, el menor, no encuentra trabajo. Se la pasa en la calle y cuando vuelve a la casa está de mal humor, no habla con nosotros y se limita a ver la televisión. Me extraña que no tenga novia. Últimamente lo he notado muy raro. Me horroriza pensar que haya caído en la drogadicción pero no tengo el valor de preguntárselo.

"En cuanto a Daniel, mi esposo, comprendo su frustración. Con muchas dificultades logró hacerse de un título de médico. Su sueño era especializarse en cirugía del corazón pero no lo consiguió. Puso su consultorio en la colonia Granjas México. Casi todos sus pacientes son mujeres. Más que hablarle de sus enfermedades le piden consejos para adelgazar. Mi esposo siente que está retrocediendo, teme haber olvidado lo que aprendió. Eso lo deprime mucho y no me atrevo a plantearle mis problemas. Las pocas ocasiones en que me he animado a hacerlo me responde que estoy viendo la tempestad y no me hinco. Tiene razón: el hecho de que me sienta sola, frustrada, temerosa de perder mi trabajo, significa muy poco frente a su situación."

Olivia deja de escribir porque se da cuenta de que con tanta franqueza estaría cometiendo una deslealtad con los seres que más ama, además de correr el riesgo de que el interlocutor virtual pierda interés en ella. En estos momentos tan difíciles e inseguros, cuando lo que uno quiere es escaparse de semejante atolladero, ¿a qué hombre podría interesarle mantener correspondencia con una mujer real que quizá tiene sus mismos problemas?

III

Al cabo de una breve reflexión oprime *Delete*. Todo se borra en la pantalla pero ante sí misma aún hay la necesidad de justificar su búsqueda de un interlocutor. Queda el recurso de explicarse a medias. Decir que por exigencias profesionales su esposo viaja constantemente y la deja sola durante semanas enteras. De hecho es así: Ricardo vuelve puntual por las noches pero se mantiene silencioso, abstraído, tan lejano como si fuera en un avión a kilómetros de distancia. Cuando van a la cama sufre alejamiento cifrado en bostezos, excusas que se disuelven en el sueño o quedan agazapadas en el insomnio. ¿Se puede estar más sola?

Olivia se sonroja al pensar que podría mostrarle su intimidad más profunda, su lecho conyugal, a un hombre que posiblemente no sea quien se ostenta en el mensaje. Ansía recibir el primero y ver cómo se describe y justifica el desesperado que recurrió a *Vértice: un punto de encuentro* para obtener compañía a distancia. ¿Cuántas de las personas que acuden a esa alternativa llegan a encontrarse y a compartir una vida nueva dejando atrás la que no puede esfumarse con sólo presionar la tecla mágica: *Delete*?

El resplandor de la pantalla le causa un lagrimeo y Olivia se aparta de la computadora. Cierra los ojos para analizar con mayor precisión las razones de su búsqueda. A solas consigo misma puede ser honesta. ¿Qué pretende en realidad: conseguir un amante, un confidente, alguien que le ofrezca matrimonio? Olivia se imagina caminando del brazo de otro hombre, escuchándolo para ponerse al tanto de su vida y contándole la suya. ¿Por dónde empezarían? El desconocido ¡quién sabe! Ella, desde el momento en que conoció a Daniel haciendo cola a las puertas de un cine. De casualidad quedaron en butacas contiguas. Olivia se mantuvo rígida, sofocando un poco la respiración como si se sintiera avergonzada de estar allí sola.

Recuerda que se sobresaltó cuando, a punto de concluir la película, él le hizo un comentario acerca de una escena cruel: "Todos estamos locos: compramos entradas para sufrir." Ella se rió. Cuando salieron del cine llovía. Él la tomó del brazo para atravesar la calle y a los cinco minutos, sin haberlo planeado, estaban en el café de chinos contándose la película y después su vida. Todo había ocurrido de una manera espontánea, natural, sin fingimientos. Se aceptaban como lo que eran: dos personas comunes con aspiraciones normales. Las de él, especializarse en cirugía de corazón; las de ella, terminar sus estudios de educadora.

Olivia reconoce que por nada del mundo borraría aquella noche que cambió su vida. ¿Por qué pretende modificarla ahora? ¿Incorporar extraños a los que tendrá que mentirles y ocultarles su verdadera identidad? Se acerca a la computadora y pone las manos sobre el teclado. No escribe nada porque no encuentra ninguna respuesta posible. A menos que hable con Daniel y le cuente lo que le está sucediendo.

¿Cómo empezaría su mensaje? "Adorado Daniel." "Mi amor." Hace tiempo que no se dirige a él en esos términos y opta sólo por el nombre: "Me siento sola y sospecho que te sientes igual. ¿No crees que deberíamos hablar de esto antes de que pueda ocurrirnos algo malo? Para mí lo peor sería la separación definitiva. Perdona que hable de estas cosas cuando hay tantas otras que nos tienen preocupados: los hijos, la crisis económica, la inseguridad, la incertidumbre.

"El panorama es tan aterrador como el final de aquella película que vimos la noche en que de casualidad nos encontramos en el cine. ¿Te acuerdas de lo que me dijiste? *Todos estamos locos: compramos boletos para sufrir.* Las cosas han cambiado tanto que hoy hacemos cualquier cosa para escaparnos de la realidad. Estamos equivocados y lo peor de todo es que tal vez nos demos cuenta de eso en el último instante de nuestra vida, cuando ya no haya posibilidad de nada.

"Mientras te escribo pienso que este mensaje es muy largo para enviártelo por correo electrónico. Tendría que decírtelo palabra por palabra pero sé que no voy a atreverme. Siempre tengo la sensación de que lo que digo no tiene ningún valor frente a lo que otros dicen y por eso prefiero callarme. Lo he hecho desde hace bastante tiempo y el silencio me dañó, tanto que empecé a considerar la posibilidad de decírselo a alguien.

"Decidí buscar a esa persona a través de *Vértice: un punto de encuentro.* Ahora se me ocurre que tal vez guardes entre tus cosas secretas la dirección electrónica de esa agencia y hayas solicitado el servicio. Si te lo preguntara en persona me dirías que te agobio, te persigo, soy indiscreta. Terminaríamos peleando y no quiero.

"Hace tiempo que no hablamos de lo que ambos queremos. Siento que hay poco espacio para hacerlo y demasiados obstáculos para escucharnos. ¿Por qué las cosas no pueden ser como antes? Te lo pregunto a sabiendas de lo que podrías contestarme: *Porque no.*" Fin del mensaje. *Delete.*

Humo en tus ojos

I

LA CASA ERA GRANDE Y MUY SÓLIDA. EL COMEDOR Y LA COCINA estaban aparte de las otras habitaciones construidas una tras otra con puerta de por medio, como si fueran los vagones de un tren. De todos los espacios, en alguna hora o día de la semana emanaba humo. Ajenos a la palabra "contaminación", aquella nube era para nosotros mensaje, indicio, calendario, reloj que marcaba las actividades cotidianas, las fiestas y los duelos.

A las seis de la mañana el primer humo se levantaba del brasero. Oloroso a leña, iba acompañado por una cauda de chispas inocuas que se desvanecían en el aire como burbujas de jabón. Sin embargo, en su brevísimo vuelo, iluminaban las paredes y el techo de bóveda. Según la agilidad con que la cocinera en turno agitara el soplador, la humareda se iba aclarando y al fin se desvanecía para ceder su lugar a las lenguas de fuego desprendidas de las brasas.

A partir de ese momento la cocina se llenaba con los rumores del barro y el peltre. En las cazuelas y jarras puestas al fuego san Pascualito Bailón, patrono de las guisanderas, iba contribuyendo al milagro de la buena sazón.

II

Los lunes eran los días de lavar ropa en el único sitio amplio y soleado de la casa: el corral. Lo aislaban de la calle muros de adobe encopetados de plantas silvestres y de gatos huraños, ajenos, voluntariosos. Con sus revoloteos, mugidos y relinchos los animales domésticos expresaban su incomodidad ante la intromisión de las mujeres atareadas en separar las ropas por colores, meterlas en las cubetas y hacer fuego con leños colocados sobre piedras tersas y redondas transportadas desde el río.

El humo que salía de la fogata era gris pero se atenuaba bajo la luz del sol. Al ascender, aquella fumarola iba dispersando por el aire los olores picantes y medicinales de la lejía y las hierbas mezcladas en el agua. Cuando ya estaban limpias y colgadas en los tendederos, de camisas y faldas se desprendía un humo sutil y vaporoso como ha de ser el alma.

III

Mi abuela ocupó siempre la habitación más grande. Allí, cada sábado cumplía la demorada ceremonia del baño. La incensaba el humo de los baldes llenos de agua hirviente que luego eran vertidos en una tina inmensa. Para conservar su tibieza, puertas y ventanas se cubrían con lienzos blancos que le daban al cuarto el aspecto de una gruta de sal.

Sumergida en el agua, envuelta en humo, mi abuela parecía un ánima del purgatorio, una maga como Damiana: la yerbera diminuta y ciega que con sólo aspirar el aliento del enfermo podía diagnosticarle en dónde comenzaba su mal y cuándo terminaría.

Al cabo de una hora, en cuanto mi abuela terminaba de bañarse, los lienzos blancos eran retirados. De inmediato, por los resquicios de las ventanas y las puertas salían un poco de humo y de tibieza cargados con los perfumes del jabón, los aceites y el talco.

IV

En fiestas y ceremonias era obligado el concierto de cohetones sibilantes, atronadores. En el transcurso de su vuelo saturaban el aire con olor a pólvora; al estallar en las alturas despedían capullos de humo blanco que, antes de disolverse tocados por el viento, experimentaban una serie de cambios. Durante su rápida transformación nos apresurábamos a descubrir las formas que la nube iba adquiriendo —burros, caballos, cerdos, liebres, gallinas, codornices, pavos— hasta volverse, según el único maestro de la comarca, un soplo destinado a fundirse con las nubes.

Inspirados por tal enseñanza, los niños ansiábamos las escasas temporadas de lluvia porque teníamos la secreta esperanza de que las gotas nos devolvieran aquel zoológico inventado por la fugacidad del humo blanco.

V

También las ceremonias fúnebres eran acompañadas por el fragor de los cohetones. Sus estallidos disimulaban el llanto y los pasos de los deudos rumbo al panteón; sus nubes blancas se mantenían flotando en el aire como banderas de paz pidiéndole una tregua al dolor.

La inhumación concluía con llantos desgarradores, rezos, palabras de consuelo, paletadas de tierra desgranándose sobre el ataúd. Acompañados por una comitiva que poco a poco se iba disolviendo, los deudos regresaban a su casa para enfrentarse a solas con el vacío dejado por el ausente. A esas horas el aire aún olía a pólvora pero del humo no quedaba nada: presagio del olvido.

VI

El humo del tabaco incensaba los momentos de decisión, las horas de intenso dolor o plenitud, las buenas o las malas noticias, el instante del reencuentro o la separación.

En las horas diurnas aquellas columnas de humo, delgadas e intermitentes, señalaban los breves momentos de descanso o de sobremesa; por las noches, protegían nuestro anonadamiento ante la transformación del paisaje o anunciaban el principio de largas conversaciones en torno a parientes, conocidos, amigos y enemigos.

En aquellas charlas nocturnas también se hablaba de aparecidos y fantasmas que nos estremecían. Se materializaban en la oscuridad pero después, con las primeras luces, se desvanecían como las brasas de los cigarros de hoja y las columnas de humo.

De aquellas noches sólo perduraban el recuerdo y un vago olor a tabaco.

Boleta de refrendo

I

POR LA FORMA EN QUE LA MUJER HUNDE LA MANO EN EL BOL-
sillo de su suéter se adivina que guarda algo de valor. A media calle
se detiene y mira en todas direcciones para asegurarse de que nadie
la sigue. Su excesiva precaución me hace catalogarla como novata.
De otra forma sabría que su actitud recelosa atrae a los delincuentes
que merodean por la Casa de Empeño.

Conozco bien el antiguo edificio. Se convirtió en un espacio muy
frecuentado a partir del día en que mis hermanos fueron a empeñar
nuestra estufa de gas. Para mi madre era trágico desprenderse del
obsequio que mi padre le había hecho gracias a uno de sus pocos
negocios exitosos. Él, para consolarla, le explicaba que empeñar
algo no significa perderlo: está el recurso del refrendo y, en el caso
extremo de que no haya dinero para eso, queda la alternativa de
venderle la boleta a un coyote y recuperar algo de dinero.

II

Antes de empeñar la estufa hubo largas deliberaciones en las que
sólo participaban los adultos. En un despliegue de imaginación
proponían métodos descabellados para obtener recursos con qué
remontar la cuesta de enero. Todos fueron inútiles y al fin llegaron

a la conclusión de que no había más remedio que ir a la Casa de Empeño.

Nuestro orgullo despertó ante lo inevitable. Teníamos que impedir que los vecinos se enteraran de la pérdida. Apenas unos meses antes habían ido a nuestra casa para contemplar la estufa recién desempacada, modernísima, con su vidrio refractario en el horno. Mientras la veían, las señoras nos felicitaban como si hubiéramos recibido una cuantiosa herencia.

Después de mucho pensarlo mi padre encontró la estrategia perfecta para no provocar curiosidades ni burlas: que mis hermanos sacaran la estufa al amanecer y con ella a cuestas se fueran a la Casa de Empeño, relativamente cercana. Como señal de que aceptaba el sacrificio mi madre se puso a lavar los quemadores, pulir el horno con su puerta de vidrio refractario y a lamentarse por no haber alcanzado a realizar su sueño: hornearnos un pastel.

Cuando terminó su trabajo, la estufa quedó resplandeciente. Todos reconocimos que parecía recién desempacada. Mi madre sonrió, satisfecha de haber mostrado sus habilidades de ama de casa y segura de que obtendríamos un mejor préstamo gracias al buen aspecto del mueble.

Sentados en la cocina pasamos la noche en vela viendo la estufa y recordando todo lo que había sucedido antes de que pudiéramos instalarla: desde adosar las sillas a la pared hasta mover el trastero hacia el rincón y desarmar una repisa en donde, más que florecer, languidecían macetitas con yerbas de olor. Nos referimos también al asombro, las bromas y las felicitaciones de los vecinos que habían visto en nuestra adquisición una señal de progreso.

A las seis de la mañana, cuando aún estaba oscuro, mi padre se encargó de quitar la instalación del gas. En medio de nuestro silencio, actuaba como si fuera un médico retirándole los tubos y aparatos a un enfermo terminal. Entre todos trasladamos la estufa hasta la puerta de la vivienda. Con el mayor sigilo mi madre retiró el candado, salimos hasta el portón de la vecindad, lo abrimos y nos quedamos mirando a mis hermanos alejarse con el pesado mueble a cuestas. "Al menos nadie se dio cuenta", dijo mi madre.

El regreso a la vivienda fue horrible. Mirar el hueco dejado por la estufa materializaba nuestro fracaso, nos devolvía a los comienzos en una ciudad inmensa y desconocida. "¿Hay café?" Como respuesta a la pregunta de mi padre mi mamá sacó una parrilla eléctrica. En ese momento se escucharon gritos, silbatazos y carreras. El escándalo provocó la curiosidad de los vecinos. Con ellos salimos a la calle sin imaginar lo que veríamos.

A mitad de la cuadra estaban mis hermanos junto a la estufa y dos policías acusándolos de habérsela robado. Mi padre se indignó. Mi madre le pidió calma y les aseguró a los guardias que la estufa era nuestra. "Pruébelo: muéstrenos la factura." Con los nervios y el disgusto, imposible recordar dónde estaba. Se echó a llorar.

Mi hermano mayor amenazó a los policías con que iba a denunciarlos y se lanzó contra el que estaba más próximo. El otro uniformado pidió refuerzos con su silbato. El escándalo hizo que los inquilinos de casas y edificios aparecieran en las ventanas. Sin tener antecedentes de la gresca protestaban contra los policías, tachándolos de prepotentes y abusivos.

Uno de los agentes rechazó la acusación: "Nosotros sólo estamos haciendo nuestro trabajo. Si vemos a dos tipos que a estas horas salen llevándose una estufa es lógico pensar que se la están robando." Hubo nuevas protestas: "El hecho de que seamos pobres no significa que vivamos de la uña." Siguieron los insultos y reiteradas amenazas.

Mi madre, tan celosa de nuestra privacidad, para evitar mayor escándalo confesó: "Los muchachos son mis hijos. Iban a empeñar la estufa. Les pedimos que la sacaran tan temprano porque no queríamos que nadie se diera cuenta. Ahora todo el mundo lo sabe. ¡Qué vergüenza!"

Se oyeron suspiros de asombro y algunas risas. Los policías intercambiaron palabras y desaparecieron. Los vecinos se alejaron y nosotros nos quedamos a media calle protegiendo la estufa. Mi padre ordenó que, para evitar nuevas sospechas a esas horas, la devolviéramos a su sitio. Durante todo aquel día permanecimos encerrados.

III

Gracias a que mis hermanos lograron conseguir algunos trabajos eventuales nuestra situación se hizo menos crítica, la estufa permaneció en su lugar y mi madre pudo cumplir su sueño: hornearnos un pastel. Con el pretexto de que iba a ser el cumpleaños de mi hermana organizó una merienda e invitó a los vecinos. Era la mejor forma de agradecerles su apoyo en aquella mañana trágica.

Celebramos el cumpleaños un domingo. Las mujeres se pasaron todo el día entrando en la casa para ofrecerle ayuda a mi madre que, inclinada sobre la mesa de pino, cernía y amasaba la harina. Encender el horno fue toda una odisea, introducir el pastel una ceremonia.

Hincadas frente a la estufa estuvimos mirando cómo iba inflándose la pasta que, dorada, al fin rebasó los bordes del molde. "Ya está, pero no hay que sacarlo porque se baja". Permanecimos unos minutos más aspirando el alegre aroma del pan caliente y ansiando el momento de probarlo.

Los invitados estaban a punto de llegar. Mi madre quería recibirlos de la mejor manera. Nos pidió que ordenáramos la cocina mientras ella limpiaba la estufa. Tomó un lienzo húmedo, lo deslizó por la puerta del horno y segundos después retrocedió gritando. Al acercarnos vimos que en el cristal refractario se habían formado infinidad de grietas. "Se rompió todo", dijo con la gravedad de quien repite la peor noticia.

Como siempre, mi padre trató de consolarla diciéndole que bastaría con cambiar la pieza; los invitados le aconsejaron dónde podría comprarla más barata. Mi madre fingió resignación pero varias veces la descubrí mirando el vidrio roto en un segundo, como tantas de sus ilusiones.

IV

La buena racha fue muy corta. Al poco tiempo de aquel cumpleaños sucedió lo que de milagro había podido evitarse: empeñamos la estufa con el vidrio estrellado a pesar de que mi madre aseguraba que no valía la pena porque en esas condiciones iban a prestarnos por ella una miseria.

En nuestra cocina reapareció la hornilla y en nuestra vida las falsas ilusiones de épocas mejores. Entonces podríamos rescatar la estufa o, en el peor de los casos, refrendarla. Con muchas dificultades lo conseguimos varias veces. Pasábamos las semanas calculando plazos y vencimientos hasta que al fin la estufa entró a remate.

A veces, cuando por algún motivo íbamos al centro, procurábamos desviarnos hasta la Casa de Empeño. Por el aparador, perdida entre toda clase de muebles, veíamos *nuestra* estufa. Que permaneciera allí significaba para mi madre una señal de que íbamos a recuperarla y por lo tanto a remontar la dura cuesta de enero que en realidad se prolongaba todo el año. Un día la estufa desapareció del aparador. Algo de nuestras esperanzas por salir adelante se esfumó también.

Cada vez que paso frente a la Casa de Empeño recuerdo aquella etapa de mi vida. Fue difícil y sin embargo la asocio con el sabor de un pastel dorado como un sol.

Cartas perdidas

I

VIRGILIO ENTRA EN *LAS NINFAS*. BAJO LA ESCASA LUZ Y TRAS las rejas que protegen el mostrador de la miscelánea es difícil distinguir a Félix. El propietario del establecimiento lee el periódico en voz alta como si su difunta esposa aún pudiera escucharlo:

—"Con dos pesos de aumento en el salario mínimo, las familias mexicanas tendrán que afrontar la cascada en el alza de precios con que empieza el 2009. Según los expertos este año será el más difícil de las últimas tres décadas." —Félix cierra el periódico: —He pasado en chinga más de la mitad de mi vida...

—Y yo la mía completita. Desde que tengo uso de razón lo único que he oído es que estamos en crisis —comenta Virgilio.

—No escuché cuando entraste. —Félix se acerca al enrejado: —¿Qué haces por aquí?

—Pasé y vine a saludarlo.

—Supe que andabas de Rey Mago.

—Usted lo ha dicho: *andaba.*

—¿A poco tan pronto se acabó la chamba? Todavía falta…

—No pude pagar el alquiler del disfraz y me chisparon. —Virgilio da un puñetazo en el mostrador: —Tenía que sucederme esto cuando tengo más gastos por lo mismo de que van a llegar los Reyes.

—Ya casi están aquí. ¿Qué harás?

—Ni idea. Por lo pronto, no me atreví a volver a la casa. No sé cómo decírselo a Milena.

—No fue culpa tuya que te quitaran el trabajo.

—Pues no, pero ya me da pena salirle a mi mujer siempre con lo mismo: "No tengo dinero".

—Pásale a sentarte. —Félix retira la cadena que asegura una puerta lateral: —No me gusta platicar con rejas de por medio, como si estuviéramos en la cárcel.

—Mejor otro día. Ahorita tengo que ver cómo le hago para conseguir algo de lana.

—Te prestaría pero ando en las mismas. ¿Sabes cuánto vendí ayer? Cuarenta y dos pesos. Con decirte que hoy no me dieron ganas de abrir el changarro. Si lo hice fue para no quedarme solo en el cuarto, sin nadie con quién hablar. Ser viudo es duro.

—¿Qué pasó con su hijo Vicente: no que iba a venir?

—Vino pero nomás se quedó cinco días. Su mujer quiso que la llevara a Silao para ver a su familia. De allí se jalan otra vez para Chicago.

—¿No van a regresar para acá?

—No. Les pareció que esto ya está muy feo por la inseguridad: fueron a La Villa y los robaron en la micro. También les dio miedo que a mi nieto Edgard lo afectara la contaminación.

—El Edgard ya debe de estar hablando.

—Y qué me gano si no le entiendo: lo dice todo en inglés. —Félix abre la puerta lateral: —Pero pásale, hombre, al menos para que te sientes. Ya luego ves...

—Me quedo nomás un ratito.

II

—¿Te preparo un café?

—No quiero que se moleste.

—¿Qué molestia es poner en las tazas una cucharada de café?

—Félix enchufa la parrilla eléctrica: —En un momento se calienta el agua. ¿Cómo está Chavita?

—Creciendo y dando lata. Es muy inquieto.

—Y bien listo.

—Hasta se pasa. Ayer le pidió a Milena que lo llevara a un cibercafé.

—A los cinco años, ¿para qué?

—Para mandar por Internet su carta a los Santos Reyes. Dice que así les llegará más rápido y no se perderá, como las que le manda su padrino Leonel desde Sacramento.

—Para evitarlo, aconséjale a tu hermano que no meta dólares en los sobres.

—¿Pero cuáles dólares? Lo que pasa es que Leo ni se ha de acordar de escribirle a su ahijado.

—No se lo digas a Chavita.

—No, yo siempre trato de conservarle sus ilusiones. Por eso me preocupa tanto que los Reyes no vayan a traerle nada.

—¿Qué pidió? —Félix acerca dos tazas humeantes.

—Una patrulla de baterías, una ametralladora de chispas y una hermanita. —Virgilio se estremece: —Lo único que me falta es que me salga corcholata con premio.

—Ya casi no hay de ésas.

—Antes sí. Me acuerdo que cuando era chamaco, cada vez que mi jefe nos compraba un refresco lo primero que hacíamos era ver si la ficha estaba premiada.

—¿Cuántos años lleva Lucio de muerto?

—Muchos, pero sigo extrañándolo. A mi mamá no tanto porque ni la recuerdo: murió cuando mi hermano y yo éramos unas pirinolas. —Los ojos de Virgilio se abrillantan: —Mientras uno tiene a sus jefes como que no los valora pero después...

—Ya lo dice el refrán: "Nadie sabe el bien que tiene..."

—Es cierto y además, hay muchas cosas que uno de chico no comprende. A Leonel y a mí nunca nos llegaban los juguetes que les pedíamos a los Santos Reyes y acabábamos reclamándoselo a mi padre. Como siempre andaba medio trole creíamos que nuestras cartitas se le perdían. En vez de reprendernos, él procuraba consolarnos dándonos toda clase de explicaciones. Ahora comprendo que con esas mentiras nos demostraba su amor y de paso impedía que supiéramos la verdad: por la falta de lana le era imposible *surtir nuestros pedidos.*

III

—Me cayó muy bien el cafecito.

—Si quieres otro... Me llamó la atención eso de que, para justificar la falta de juguetes, tu padre les decía mentiras. ¿Como cuáles?

—Uf, pues que habíamos escrito mal nuestra dirección y los Reyes no habían podido encontrar nuestros zapatos; que el elefante estaba enfermo del estómago y por eso los Magos habían dejado para el siguiente año el reparto de juguetes. Otra vez llegó a contarnos que un águila gigante había roto las bolsas del correo: las cartas se salieron por los agujeritos y quedaron flotando en el espacio como estrellas.

—¿Le creían?

—Pues sí, porque lo contaba todo muy bien. Ahora se lo agradezco. Gracias a eso mi hermano y yo nos sentíamos menos infelices cada 6 de enero, cuando todos los chamacos del barrio se paseaban por la calle faroleando con sus juguetes nuevos. —Virgilio bebe un sorbo de café y entrecierra los ojos: —Otro enero se nos ocurrió a mi hermano y a mí pedirles a los Santos Reyes un tren eléctrico, de esos que tienen estaciones, guardavías y todo. Cuando terminamos de escribir la carta mi padre nos llevó al Correo Mayor para que no desconfiáramos y porque, según él, si la mandábamos desde allí con toda seguridad iba a llegar a tiempo al palacio de los Reyes.

—Y entonces sí recibieron el juguete.

—No ¡qué va! Con lo que mi padre ganaba como afilador, ¿usted cree que iba a poder comprarnos un tren eléctrico? En vez de decirnos la verdad salió con una historia fantástica. ¿Tiene tiempo para que se la cuente?

—El que andaba acelerado eras tú.

—Nos dijo que una parvada de urracas curiosas, ladronas como todas las de su especie, se había robado las bolsas del correo para leer las cartas. Como eran miopes se tardaron mucho en hacerlo y apenas el 6 de enero le llegó el turno a nuestra carta. Para esas fechas en las bodegas de los Reyes Magos no quedaba un solo juguete. A las urracas les dio mucha pena saber que por su culpa Leonel y yo nos quedaríamos de nuevo sin regalos. En compensación decidieron construirnos un ferrocarril de verdad para que mi hermano y yo nos divirtiéramos. Y ¿qué cree? Mi papá nos llevó a conocerlo.

—Pero ¿adónde?

—A Huehuetoca. La estación aún puede verse: es pequeña, como de juguete, pero el ferrocarril ya no existe. Entonces sí. Estuvimos todo el día allí viendo pasar los vagones. Cuando las personas nos oían decir: "Ahí viene nuestro tren", lo tomaban como puntada de chiquillos. Para nosotros, en cambio, era cierto. Sería porque los niños de antes éramos más simples, más inocentes.

—En cambio los de ahora...

—Ya me imagino lo que me dirá mi Chavita si le salgo con que los Reyes no le trajeron nada porque una nave espacial chocó contra el satélite, o si le cuento que la computadora de los Magos se les llenó de virus y no pudieron recibir el *mail* que les mandó.

—No sé lo que tu hijo te dirá ahora pero después, cuando crezca, de seguro recordará tu cuento con la misma emoción con que acabas de contarme los que inventó tu padre para expresarles su amor. Esas que llamas mentiras, ¿no fueron los mejores obsequios que pudieron traerte los Santos Reyes?

Papel picado

Guirnaldas de colores

DURANTE LAS DOS PRIMERAS SEMANAS DE SEPTIEMBRE LAS calles del barrio parecían menos áridas y miserables gracias a los adornos tricolores que disimulaban las cuarteaduras de las paredes y las puertas desvencijadas de las casas. En las ventanas donde las mujeres ponían a secar la ropa iban apareciendo el Padre de la Patria, doña Josefa Ortiz de Domínguez, Morelos y los Niños Héroes comprados por metro en las papelerías; en los tiestos llenos de plantas marchitas brotaban los rehiletes y las banderas como una milagrosa floración de otoño.

A excepción de don José, el español propietario del molino de nixtamal, todos los comerciantes del barrio se reunían en asamblea para decidir con qué adornos iban a embellecer sus establecimientos. Las conversaciones se prolongaban durante horas. Eran sólo un pretexto para comer y beber porque al final siempre optaban por el mismo decorado: guirnaldas de papel de China.

En septiembre las calles del barrio adquirían un ambiente carnavalesco. Por las rutas hacia las escuelas transitaban los niños que iban a participar en los festivales organizados con motivo de las fiestas patrias. Sotanas, pelucas, chalinas, paliacates, peinetas y kepis los convertían en Hidalgos, Josefitas, Morelos y cadetes heroicos dispuestos al sacrificio por la libertad.

En las esquinas se estacionaban los vendedores de matracas, cohetes, chinampinas y caballitos de cartón. Venidos de los municipios y de otros estados, aquellos artesanos procuraban atraer clientela pintándose en la cara cejas y bigotes negrísimos. El maquillaje confundía dos hechos históricos —la Independencia y la Revolución— sin que a nadie le preocupara enmendar el error. Lo único importante era saber quiénes y cómo irían al Zócalo para asistir a la ceremonia del grito.

Una incógnita flotaba en el aire: ¿llovería la noche del 15? Develar el misterio les brindaba a los viejos la oportunidad de referir sus aventuras de años remotos en un Zócalo con olor a fritanga, vestido de luces, tapizado de confeti, repleto de celebrantes dispuestos a enfrentar el peligro de los huevos rellenos de harina o de agua pintada, los puños de confeti arrojados con malicia, los buscapiés y los borrachos resueltos a defender su idea de que "Como México no hay dos."

Tristes memorias

En medio de aquella atmósfera alegre y tricolor nunca faltaba quien se sintiera obligado a recordar ciertas historias trágicas, como la de Nicasio y Trinidad:

"Un 15 de septiembre, para celebrar la Independencia y el cuarto aniversario de su hija Divina, Nicasio y Trinidad fueron al Zócalo. Entre la multitud que atestaba la plaza su niña se extravió. Ninguno de los dos pudo sobreponerse a la pérdida: Nicasio se arrojó a las vías del tren y su mujer fue conducida a un hospital psiquiátrico." Se ignoraba si la desdichada había muerto o continuaba con vida, pero el recuerdo de su voz clamando por su hija reaparecía en el barrio cada mes de septiembre.

Por esas mismas fechas también se contaba la historia de José:

"El muchacho tenía dos prestigios: el de ser muy afortunado con las mujeres y magistral cohetero. Para colaborar con las fiestas patrias hacía castillos y se los regalaba a los vecinos para que se divirtieran quemándolos en la explanada de la parroquia.

"Un 15 de septiembre, cuando estaba a punto de salir de su taller con sus juegos pirotécnicos, alguien —tal vez un marido celoso o una novia despechada— arrojó al interior de su taller una vela encendida. El estruendo fue ensordecedor, las llamas pavorosas: nada en comparación a los gritos de José cuando salió de entre los escombros envuelto por el fuego.

"Nadie se imaginó que sobreviviría al accidente, pero tras una larga temporada en el hospital José regresó al barrio. Tullido, abandonó su oficio y vivió de la caridad de sus vecinos; deforme, renunció a la luz del día y se convirtió en otra sombra de la noche."

De todas las historias de septiembre, la que más público atraía era la de Leonor:

"No conocimos a sus padres. Llegó a vivir aquí muy niña, acompañada por su abuela Jacinta que hacía dulces para venderlos por la ventana de su casa. Leonor era muy bella y doña Chinta no le permitía arreglarse ni salir sola. En opinión de las malas lenguas, con esa vigilancia tan estricta la mujer pensaba evitar que su nieta fuera seducida, como seguramente había ocurrido con su hija.

"La única ocasión en que su abuela le permitía a Leonor mostrar su belleza era el 15 de septiembre. Desde la tarde la muchacha aparecía adornada con moños y collares y vestida con un zagalejo esplendoroso. Juntas, escoltadas por la admiración general, se iban al Zócalo. Al terminar la ceremonia regresaban a su encierro, Leonor se desprendía del zagalejo y lo guardaba junto con su belleza.

"Una mañana nos extrañó que Leonor apareciera sola en la calle: acababa de encontrar a su abuela muerta y no sabía qué hacer. Entre todos la ayudamos con los trámites del entierro, al que por cierto Leonor asistió vestida con su zagalejo. Nunca más se lo quitó. Envejecieron juntos en la soledad y juntos fueron enterrados."

Fin de fiesta

Pasado el 15 de septiembre el barrio recuperaba su aridez y su ritmo habituales. Los vendedores desaparecían de las esquinas, las guirnaldas iban perdiendo color y capacidad para ocultar las grietas. En los tiestos las banderas y los rehiletes húmedos se marchitaban. En las ventanas el Padre de la Patria, doña Josefa, Morelos y los Niños Héroes comprados por metro en las papelerías empezaban a desprenderse húmedos de lluvia, como si estuvieran dispuestos a un nuevo sacrificio.

Las historias trágicas de cada septiembre quedaban sepultadas en el olvido: el mismo sitio en el que Divina, José y Leonor esperarían la llegada de otras fiestas patrias.

Colibrí

I

EN MI CASA NO HAY JARDÍN, SÓLO UN PATIO. ES HONDO Y ALGO sombrío pero lo embellece una confusión de plantas. Se apoyan unas a otras y atraen a los pájaros. Me gustaría disfrutar a todas horas de su canto pero me abstengo de ese placer a cambio de verlos siempre en libertad: el más bello plumaje.

Se lo comenté a una amiga. A los pocos días me trajo de regalo un colibrí de material sintético, de esos fabricados en serie que vuelan sólo en manos de los vendedores presentes en calles, avenidas y vías rápidas.

Temí que el colibrí se perdiera entre los libros y los muebles que hay en mi casa. Para evitar ese riesgo, y de una vez hacerme las ilusiones de que era un pájaro de verdad, lo ensarté en una pequeña jardinera. Una mañana en que salí a regarla encontré una parvada revoloteando entre las tibutinas, los geranios y las rosas. La escena se repitió en muchas ocasiones y pensé que tal vez las visitas frecuentes de las aves tenían por objeto sacar al colibrí de su inmovilidad y enseñarle las artes del vuelo.

Basada en esa suposición escribí un cuento infantil en donde ocurre el milagro. Nunca imaginé que muchos meses después, ante la embestida de la influenza humana —A H1N1— iba a suceder otro.

La presencia del virus paralizó nuestra existencia. Ante el peligro del contagio las autoridades sanitarias dictaron estrictas medidas de higiene, nos restringieron el acceso a los lugares públicos y nos recomendaron permanecer recluidos en nuestras casas.

Para quienes no están acostumbrados a vivir esa experiencia la perspectiva resultó desconcertante si es que no aterradora. No obstante, en medio del encierro, muchas personas descubrieron las posibilidades y los riesgos de la convivencia, el deleite de la lectura y los placeres de la conversación. De inmediato cubrimos la necesidad de relacionarnos con el exterior tendiendo puentes de saludos a la distancia; satisficimos la urgencia de ver el mundo acercándonos a las ventanas.

En la mía, una tarde apareció un colibrí. Diminuto, hermoso, capaz de comprender los movimientos de rotación y traslación de la Tierra, mantuvo unos instantes su aleteo suspendido y desapareció para seguir cumpliendo su invaluable tarea de polinizador. Minutos más tarde, cuando menos lo esperaba, volví a escuchar el extraño "gorjeo" del colibrí mientras en la pared se proyectó, recortada y perfecta, la sombra palpitante del ave.

La imagen, que no parecía salir de la realidad sino de un kinescopio, me recordó las tardes de mi infancia en el pueblo, cuando nuestro vecino —un comerciante al que apodaban El Diablo— cubría la pared de su trastienda con una sábana y proyectaba caricaturas en blanco y negro del Ratón Miguelito.

En medio de nuestro asombrado silencio, conforme iban apareciendo figuras en la improvisada pantalla, el proyector emitía un sonido muy especial. Entonces lo encontraba semejante a la cuerda de un reloj de pared, hoy lo asocio con el sonido de crótalos que emite el colibrí.

III

A la mañana siguiente, entre el canto de los otros pájaros, volví a escuchar la señal del colibrí: un mensaje de belleza y libertad enviado en clave Morse. En cuanto abrí la ventana el ave hizo un arabesco en el aire y se alejó hasta posarse en la rama de un fresno. Inmóvil, perfecto como la más exquisita miniatura, despertó mis deseos de atraparlo y de otros imposibles: detener el tiempo, cazar el viento, introducir el mar todo completo en una botella.

Al cabo de unos segundos el colibrí saltó entre las ramas, se perdió entre el follaje, obró el prodigio de darle al fresno una imposible floración tornasolada. Luego se alejó volando, dueño absoluto del espacio y de una libertad que el virus nos había robado.

En cuanto el colibrí desapareció tuve la impresión de que la calle se había vuelto parda. Sin su gorjeo el silencio era más pesado y amenazador. Reconocerlo me dio la noción de que empezaba a depender del chuparrosas. Imaginé cómo serían las horas sin sus visitas y decidí recurrir a un método sencillo para atraerlo: ponerle un bebedero.

IV

A la infinidad de cosas que me rodean se sumó uno de esos objetos siempre rojos que algo tienen de carroza de cuento, de buzos de cristal, de zeppelín, piñata y globo de Cantoya. Lo colgué en la ventana lleno de agua azucarada y esperé el momento en que el colibrí reapareciera y clavara su pico para libar la miel.

Nunca antes había podido ver tan de cerca las maniobras que hace para satisfacer su apetito insaciable. Otra vez me maravillaron la velocidad del vuelo suspendido, la precisión y por fin la gracia con que, ahíto, se apartó.

Alguien me dijo en un aviario que estos animales poseen, entre otras capacidades, un impecable sentido de orientación que les permite volar grandes distancias sobre los mares y regresar a su tierra. Sé que debí haber atribuido a ese don el hecho de que el colibrí hubiera vuelto a mi ventana varias veces durante los días sucesivos. Sin embargo, preferí interpretar sus visitas regulares como actos generosos, pruebas de que entendía lo que sé: que su hermosura le daba serenidad a nuestra zozobra colectiva, belleza a la monotonía de mis horas de encierro y con su vuelo incesante me devolvía mi libertad.

V

Pronto adquirí el hábito de asociar el nuevo día con la llegada del colibrí. Minucioso como jamás imaginé que lo fuera, alrededor de las seis de la mañana anunciaba su aparición con ese ruido que llamo "gorjeo" pero que en realidad no tiene nombre. Esa carencia y la imposibilidad de cantar son el precio que ha pagado por ser reconocido, junto al quetzal, como una de las aves más hermosas del mundo.

Si sus apariciones me hacían pensar en todos los comienzos y en el retorno a la normalidad, sus desapariciones me llenaban de angustia y de preguntas, entre otras: ¿cuánto tiempo vive un colibrí? Cuando muere ¿se aleja en las alas de otras aves? No lo sé. En cambio es seguro que su diminuto cadáver alimenta a la Tierra. Es alentador pensar que el colorido de su plumaje reaparece en las rosas, los pensamientos o esas flores —también diminutas— que brotan entre las junturas del asfalto.

VI

Hace días ocurrió lo temido: el colibrí no llegó con su puntualidad matinal. Me asaltaron dos temores: que se hubiera olvidado de mi ventana o a que estuviese muerto. Para exorcizar las dos posibilidades descolgué el bebedero y sustituí el jarabe por otro fresco y más denso.

Inútil. El colibrí no volvió pese a que el bebedero, tocado por la luz del sol, resplandecía tentador. A sabiendas de que era una ilusión, salí a buscar al pájaro como esas personas que andan por la calle gritando el nombre de sus mascotas. Muchas colocan anuncios en las esquinas y en los postes ofreciendo recompensa por la devolución de un gato, un pekinés o un pudle que tienen determinadas características y responden a tal nombre.

En caso de que adoptara este recurso, ¿con qué características alguien iba a reconocer a *mi* colibrí? ¿Quién podría alcanzar su velocidad y sus alturas para atraparlo y traérmelo? ¡Nadie!

Me pasé el resto del día yendo de una ventana a otra con la esperanza de ver su aparición y de oír su magistral sinfonía de crótalos. Hacia el anochecer, cuando tuve que aceptar que toda esperanza era ya inútil, adolorida me resigné a perderlo para siempre. En ese momento me sorprendió darme cuenta de que mi dicha en estos días difíciles pudiera depender, en parte, de un animal tan pequeño e inasible.

Antes de cerrar la ventana agité el bebedero decidida a conservarlo como el recuerdo de un sueño.

VII

Esta mañana a las seis y media me pareció escuchar el gorjeo de *mi* colibrí. Pensé que era producto de mis deseos pero aun así me levanté y descorrí la cortina. Me invadió una felicidad inmensa al ver que frente a mi ventana estaba el colibrí con su sombra aún guardada, aleteando en su vuelo suspendido, mirándome. Al cabo de unos segundos hizo una maniobra vertiginosa y clavó el pico para libar la miel. Luego se fue a sus árboles, a las ramas en donde fabrica con telarañas sus refugios secretos para la temporada de lluvias.

VIII

Mientras escribo esta historia oigo cantar al colibrí en lo alto. Con su plumaje embellece la calle, con su gorjeo afirma el poder de la naturaleza, el triunfo de la esperanza y me recuerda que en las cosas más pequeñas pueden estar las claves de la felicidad. Esa lección quedará en mí mucho tiempo, aunque *mi* colibrí no regrese jamás a mi ventana.

Cuando eso ocurra trataré de consolarme imaginando que él y su sombra se alejaron rumbo al norte sobre las alas de otras aves; que su colorido se reflejará todas las primaveras en el esplendor de los geranios, las tibutinas y las rosas.

Después del 2 de noviembre

I

EN EL RECUERDO LA CASA DONDE PASAMOS LA INFANCIA NOS parece enorme. Después, en alguna visita, resulta que era pequeña, apenas suficiente para albergar a una abuela, dos padres, siete tíos, un primo inválido, dos hermanas: Flor y yo.

Hacia finales de octubre, ante la inminencia del Día de Muertos, nuestro ritmo de vida se alteraba. La sobriedad impuesta por la pobreza se volvía derroche y los olores que habitualmente circulaban entre el patio y los cuartos se enriquecían con toda la gama de lo dulce, lo salado y lo picante.

En la cocina, centro de la mayor actividad, se encendían las ocho hornillas del brasero. La mesa de pino dejaba de ser soporte de trastos y condimentos para volverse una pista nevada por la harina y el azúcar glass.

Las mujeres se pasaban de mano en mano los viejos recetarios. Su propósito era comprobar que los guisos tuvieran los ingredientes adecuados para satisfacer el gusto de quienes en vida habían sido nuestros abuelos, hermanos, primos, tíos, padrinos. Estaban a punto de regresar del más allá para quedarse con nosotros unas cuantas horas. También iban a convivir entre ellos sin que importaran las viejas rencillas que los habían mantenido distanciados durante meses o años.

La certeza de la nueva separación inevitable les recordaba a los adultos las horas amargas de estertores y velorios, pero mi abuela les tenía prohibido llorar hasta después del 2 de noviembre. Antes de esa fecha todos estábamos obligados a mostrarnos alegres y a sostener conversaciones ligeras para que las escucharan los difuntos que se iban acercando a nuestra casa orientados por una hilera de velas encendidas. Por la noche la sombra de sus flamas agitadas por el viento figuraba sobre las paredes una danza inquietante.

La complicada preparación de los guisos y postres apenas nos dejaba tiempo para comer. Mientras consumíamos nuestra dieta habitual —frijoles, arroz, chile, tortillas— mirábamos las cazuelas rebosantes de salsas, los platones llenos de panes y ates, el pastel cubierto de nomeolvides: un regalo hecho para el gusto de mi tío Justiniano, destrozado por el tren que iba al norte y muerto sin confesión.

Todo en aquella mesa resultaba tan apetitoso que mi hermana y yo ansiábamos la llegada del 2 de noviembre para comer lo que durante un año entero no volveríamos a probar.

II

Mi abuela era la máxima autoridad de la familia. Una orden suya debía ser siempre respetada, inclusive la de prohibirnos llorar en vísperas de Todos Santos. Ella lo sabía y sin embargo, para asegurarles la tranquilidad a los viajeros cada vez más próximos, procuraba contarnos las aventuras hilarantes de nuestros difuntos.

Aunque los habíamos escuchado infinidad de veces, los relatos eran graciosos y nos hacían reír hasta las lágrimas. En esos momentos la cocina se transformaba en un manicomio poblado por mujeres, salpicadas de grasa y harina, que lloraban de risa. ¿Cuántas de aquellas lágrimas habrán sido un secreto desahogo del dolor? No creo que mi abuela haya considerado esa posibilidad: tan segura estaba de su dominio sobre la familia.

III

Durante las horas en que los guisos y los dulces debían reposar, nos consagrábamos a la selección de los retratos en que los difuntos pudieran reconocerse en sus mejores momentos. Casi todas las fotos tenían escritos en el anverso el lugar, la fecha y la circunstancia en que la imagen había sido captada. "Jesús y Félix en el Mineral de Pozos." "Carmen en la despedida de Daniel." "Hilario, Rita y Andrea en un paseo a Los Arrastres." "Chalito y Rosalía en la iglesia de la Soledad." "Leonor presumiendo su reloj nuevo." "La niña Consuelo en su primer y único cumpleaños." "Elisa cantando *Hoja seca* en una fiesta."

Las breves inscripciones despertaban la curiosidad de Flor y mía acerca de todas aquellas personas a las que no habíamos conocido y estaban a punto de volver, en calidad de visitantes, a la casa que alguna vez fue suya. Las respuestas de mi abuela humanizaban las fotos al punto de que era posible imaginarnos cuánto lugar ocuparían en el comedor Félix, Carmen, Chalito, Andrea, Elisa...

En su única foto mi abuelo materno aparecía a la hora en que abordó, junto con su primo Desiderio, el camioncito en que se trasladaron a San Luis Potosí y después a Tampico para buscar la fortuna que no habían hallado en su tierra. De aquel viaje nada más regresó Desiderio. Traía malas noticias y los lentes de mi abuelo, ahogado en el río Pánuco.

En señal de que seguía considerándolo el jefe de familia, mi abuela se encargaba de colocar en el centro de la ofrenda el retrato y las gafas de su marido. El reflejo de las veladoras en sus cristales producía la ilusión del parpadeo, de una mirada intensa que iba a apagarse después del 2 de noviembre.

La foto de Consuelito, embalsamada en el ropón con que la llevaron a bautizar, siempre nos planteaba a mi hermana y a mí las mismas incógnitas: ¿De quién era hija? ¿Cómo iba a llegar a nuestra casa la niña que se había ido del mundo sin haber aprendido a caminar? Y cuando apareciera entre los demás muertos ¿deberíamos darle trato de *tía* a quien era sólo un bebé? La respuesta fue siempre el silencio y en él quedaron los misterios de la fe y los secretos de la familia.

IV

Cuando se acercaba el momento de recibir a los difuntos procedíamos a nuestro arreglo personal. Por ser la menor, me tocaba ponerme la ropa que mi hermana había desechado un año antes; a ella, por ser la mayor, ponerse el vestido usado que le facilitaba alguna de nuestras primas.

Ansiosas de mostrar su mejor aspecto, mis tías sacaban del ropero ropas olorosas a creolina. Las habían empleado en ocasiones especiales, ya muy remotas, antes de que se les abultaran las líneas del talle y del vientre. Meterse en semejantes prendas les significaba una auténtica batalla contra popelinas, percales y botones que salían disparados y rebotaban en el suelo.

Ya vestidas, las mujeres se peinaban ante el espejo. Su falta de costumbre y habilidad en el manejo de polvos y coloretes las dejaba hechas unas máscaras. Su aspecto las hacía reír hasta las lágrimas: único llanto permitido en las fechas consagradas a los muertos.

Renovados, limpios, todos salíamos en procesión hasta la puerta para recibir en brazos a Consuelito y horas más tarde abrazar a los espectros que iban llegando para adueñarse de la casa, permitirse el gusto de comer, alegrarse con sus bebidas predilectas y destruir por unas horas el prolongado silencio que es la muerte.

Durante el reencuentro en el comedor sólo se escuchaban los murmullos de conversaciones secretas. Mi hermana y yo, las menores de la familia, quedábamos excluidas de aquella intimidad. Sujetas al silencio, nos mirábamos de reojo, sonrientes, disfrutando de antemano el momento en que los difuntos volvieran al cielo y nosotros a la gloria de los sabores dulces, salados y picantes que no probaríamos hasta el futuro noviembre. Entonces también volveríamos a oír aquel interminable *mar de historias*.

El sombrero y la silla

UN TRÁILER ESTACIONADO FRENTE A LA TIENDA DE AUTOSER-
vicio, el camión de la basura, una cuadrilla de podadores y una pila
de ramas recién cortadas bloqueaban el paso hacia la avenida. Como
si esos obstáculos no fueran suficientes para explicar el embotella-
miento, algunos conductores nos preguntábamos de una ventanilla
a otra: "¿Qué pasa? ¿Por qué no avanzamos?" Muchos expresaban
su disgusto a punta de acelerones, claxonazos e insultos.

Un hombre bajó de su camioneta: "¡Échense en reversa!" En
cuanto vio la enorme fila de automóviles que se había formado
detrás comprendió que la sugerencia era impracticable. Derrotado,
sacó el celular y en voz muy alta le explicó a su interlocutor que
llegaría tarde. Para justificarse agregó: "¿A quién se le ocurre podar
árboles, distribuir mercancías y recoger la basura al mismo tiempo
y para colmo a la una de la tarde?" La respuesta le provocó una
carcajada. Enseguida abordó su camioneta.

Por la calle estrecha aparecieron grupos de estudiantes que salían de la escuela de computación, amas de casa con las bolsas del
mandado y niños de uniforme que, oprimidos por las mochilas a la
espalda, iban de la mano de sus madres. Ellas también protestaron
por el congestionamiento: "Señor: hágase un poquito para adelante,

déjenos pasar." "No sé qué se gana esta gente con seguir tocando el claxon." Maldije haber tomado por esa calle.

II

Al paso de los minutos el estruendo de los motores se volvió ensordecedor. En las ventanas de los edificios aparecieron los curiosos. Miraban horrorizados el caos en que se había convertido una calle que a duras penas conserva huellas de su aspecto original: una fonda, una lechería con mesa de granito y la vecindad.

Siempre que paso frente a ella me pregunto cómo ha logrado sobrevivir un edificio tan pequeño —dos hileras de viviendas con un corredor estrecho de por medio— en una zona devorada por los condominios, las refaccionarias y toda clase de comercios.

De pronto en la puerta de la vecindad brilló un reflejo metálico muy intenso. Procedía de la silla de ruedas cromada que empujaba un anciano. Avanzó una distancia muy corta y se detuvo frente a mi automóvil. Más que vestido iba envuelto en ropas desiguales, puestas unas encima de otras. Lamenté que su sombrero de fieltro sucio y descolorido me impidiera ver su cara.

Como si me hubiese oído, el viejo echó hacia atrás el borsalino, se inclinó a mirar lo que en el asiento parecía una mujer ataviada como él, dijo algo e intentó cruzar la calle. Al ver que los coches se lo impedían sonrió. Su expresión me hizo recordar a Serafín, el conserje de la escuela que ocupaba con su mujer, Emérita, los cuartos que alguna vez habían servido de bodega.

Sin hijos, Serafín y Emérita se tenían uno a otro. Juntos hacían la limpieza, juntos montaban guardia en la reja al término de las clases, juntos nos recibían los lunes como si en vez de habernos ido sólo el fin de semana hubiéramos regresado de una ausencia muy larga. Juntos escucharon nuestras promesas de que volveríamos a visitarlos cuando salimos de la primaria.

En el momento en que el anciano se detuvo para ver por dónde atravesar la calle recordé que jamás había ido a verlos. Tal vez fuera el momento de subsanar mi falta. Sin demasiadas esperanzas me asomé por la ventanilla y grité: "¡Serafín!" Él me miró desconcertado. Pronuncié el nombre de mi escuela y la sonrisa del anciano reapareció. Señalé hacia la vecindad: "¿Vive allí?" Asintió. Cuando le pregunté por su esposa, se inclinó sobre el bulto que ocupaba la silla de ruedas.

Pensé que Emérita padecía alguna enfermedad grave que la inmovilizaba; no tuve tiempo de comprobarlo porque el tránsito empezaba a fluir. Un claxon me obligó a circular y sólo me quedó tiempo para prometerle a Serafín que iría a visitarlos. Él me miró con la misma expresión incrédula de aquella mañana en que terminé la primaria. Ya no me cupo ninguna duda de que había encontrado al conserje.

III

Tardé unas semanas pero logré cumplir mi promesa. Unos niños a las puertas de la vecindad me indicaron que Serafín ocupaba la última vivienda. Él me abrió la puerta. En sus ojos noté la desconfianza. Le recordé nuestro encuentro en la calle, repetí el nombre de la escuela y el mío. Sonrió y me invitó a pasar.

La vivienda era sólo un cuarto oloroso a trapos viejos y a humedad. Un foco raquítico me permitió ver una colchoneta tendida en el suelo, una mesa y dos bancos. Las cajas de cartón y los costales llenos de latas eran las evidencias de que el antiguo conserje sobrevivía como pepenador. Junto a la puerta estaba la silla de ruedas. Me sorprendí de que la ocupara el mismo bulto que había visto durante el congestionamiento.

Serafín me acercó un banco y tomó asiento frente a mí. Durante segundos que me parecieron eternos estuvimos mirándonos sin hablar hasta que al fin me decidí a preguntarle por su esposa. "Murió." Pedí detalles: "¿Cuándo? ¿De qué?" Juntó los labios como si fuera a silbar o a expeler humo. Le dije que lo sentía. Su sonrisa me hizo ver lo extemporáneo de mi pésame.

No podía despedirme ni tampoco seguir allí, inmóvil y callada frente a una persona también quieta y silenciosa. Pensé en levantarme y salir del cuarto pero me contuve. Si después de tantos años al fin había cumplido mi promesa era absurdo que limitara mi visita a cuatro o cinco minutos.

Por lo que escuché luego comprendí que Serafín había empleado ese tiempo para ubicarme pero al fin acabó preguntándome cuándo había salido de la primaria. Se lo dije y levantó los hombros desconsolado. "Entonces no supiste que Emérita se enfermó. El mal comenzó por donde siempre llega cuando somos viejos: las piernas. Le dolían, se le hinchaban. Ponerle sus vendas por la mañana y quitárselas por las noche era algo muy doloroso porque sabía que le causaba sufrimiento."

Pregunté acerca de médicos y hospitales. Me di cuenta de que Serafín no me había escuchado cuando me dijo: "Descuidé el trabajo y nos corrieron. Después de casi veintiocho años de vivir en la escuela, sin saber más que cuidar lo ajeno, sin darnos un centavo nos mandaron al diablo. Buscamos un asilo en donde pudieran recibirnos. Encontramos varios pero exigían que nos separáramos. ¡Eso no! Hay cosas que a ciertas alturas de la vida no pueden ser y por eso preferimos vivir en la calle."

No supe qué decir. Serafín alargó la mano como para tranquilizarme: "No te asustes. Allí no todo es malo. Aunque te parezca increíble todavía queda gente buena, al menos una: el señor que me regaló la silla de ruedas. Gracias a eso Emérita andaba conmigo mientras yo recogía cositas que se venden. Para todo hallé clientes —papel, cartón, lazos— menos para este sombrero. Y aunque lo hubiera encontrado no se lo habría vendido. A Emérita le gustaba que lo trajera puesto porque, según ella, me hacía ver importante. Figúrate: yo, importante... Hacía mucho que no recordaba las ocurrencias de mi mujer y ahora resulta que no sé por qué te las estoy contando. ¿Cómo me dijiste que te llamas?"

Sin importarle mi respuesta se tocó el ala del sombrero: "Verás que no me lo quito nunca, ni siquiera cuando me duermo. Estoy tan acostumbrado a él como a la silla de ruedas. Adonde voy me la llevo. Para no verla vacía hice un bulto con la ropa de mi mujer. Lo miro y me hago las ilusiones de que Emérita me acompaña, de que va sentada y me platica. Siento lo mismo al estar aquí, pero a ver hasta cuándo puedo quedarme: el dueño ya me dijo que desocupe el cuarto porque necesita rentarlo."

No me atreví a sugerirle un asilo. No podía imaginarlo encerrado, sin su sombrero de fieltro descolorido y sucio, lejos de aquella silla de ruedas donde llevaba mucho más que un atado de ropa: una historia de amor. No la habría conocido si no se hubieran combinado un tráiler, un camión de basura, una cuadrilla de podadores y un montón de ramas a mitad de la calle.

Panamá

I

DESDE LEJOS VI QUE LA PUERTA DE LA CASA CONTINUABA EN su sitio. Ahora comprendo que resistió para devolverme una parte muy bella de mi infancia y el recuerdo de mi hermano Roberto. Pero aquella tarde creí que si una vez más se había mantenido intacta, era para ocultar la destrucción causada por la tromba y proteger de ojos extraños los restos de mi intimidad: muebles deshechos, ropa sucia, zapatos dispares, retratos deformados.

Al rescatar las fotos y verlas irreconocibles tuve la impresión de que los familiares y amigos que posaron en fechas memorables —ya sabes: cumpleaños, bodas, bautizos— habían sido víctimas de un virus extraño que les generaba otro proceso de envejecimiento. Entre paréntesis: mi padre decía que el hombre pobre, a cualquier edad, es un viejo inútil de quien nadie quiere saber nada. La idea es cruel pero justa. Lo digo por experiencia.

Tengo cuarenta y tres años. Desde hace por lo menos diez, cada que me presentaba a solicitar empleo siempre me decían lo mismo: "Nuestra política laboral nos exige que contratemos a personas con experiencia, de entre veinticinco y treinta años." Para huir de mis derrotas volvía a la casa y rápidamente cerraba la puerta como si temiera que fuesen a alcanzarme otros rechazos.

Era un iluso porque dentro de la casa estaba mi padre ansioso por saber si al fin había conseguido trabajo en un hospital o en un consultorio. Sus expectativas fueron descendiendo: en los últimos tiempos se habría sentido satisfecho con que me contrataran en un laboratorio o en una farmacia. Nunca necesité responderle: mi aspecto de perro apaleado era la prueba de mi nuevo fracaso.

A mi viejo le resultaba difícil aceptarlo. Corría a descolgar mi título de médico y con los nudillos golpeaba en el cristal: "Es auténtico, está firmado, lo ganaste con tus sacrificios y con los míos." Cierto: los suyos consistieron en matarse trabajando para que yo pudiera seguir mis estudios de medicina; los míos en someterme a su voluntad y darle gusto abrazando una carrera que nunca me interesó y para la que no estuve ni estaré capacitado: la sangre me horroriza, el dolor de otros me tortura. En una palabra: soy un cobarde.

II

Estás recién llegado a esta colonia y es la primera ocasión en que te toca vivir las consecuencias de las inundaciones. Yo, en cambio, las he visto y padecido siempre. Cuando era chico mi padre nos ponía, a mi hermano Roberto y a mí, a pescar entre las aguas negras todo lo que pudiera ser salvable: colchones, sábanas, nuestra ropa, los libros de la escuela, documentos.

Después, cuando me recibí de médico, su única preocupación era que mi título fuera a dañarse con la lluvia. Para evitar el riesgo de que se mojara lo metió en una bolsa de plástico sellada con cinta canela y volvió a ponerlo en la pared. Verlo me producía sensación de asfixia.

En algunas inundaciones dimos por perdido mi título. Dirás que soy un mal hijo pero en esos casos me sentía libre. Mi padre ya no iba a poder golpear el cristal con sus nudillos, como llamando a cuenta a los sinodales que me habían acreditado como médico. Desde luego, por no mortificarlo más, le ocultaba mis sentimientos. Pero no sólo eso: también fingía preocupación, angustia. Parece que me veo caminando entre las aguas negras y diciéndole al viejo: "No está, no lo encuentro. Tal vez luego aparezca..." Mi mentira no era impune.

En cuanto bajaba el agua mi padre me pedía revolver los montones de escombros en busca de mi título. No puedes imaginarte el martirio de respirar el vaporcito hediondo emanado de aquella masa horrible, mezcla de animales muertos, comida descompuesta, ropa podrida, cartones empapados. Más torturante era encontrar el documento enmarcado dentro de la bolsa de plástico llorosa de humedad.

En la inundación de 1999 lo perdimos todo. Mi padre comprendió que era imposible rescatar mi título y aun así me ordenó buscarlo. Resistí la prueba imaginando que por fin iba a quedar vacío el sitio que durante años ocupó un documento que me ataba a una profesión maravillosa, no lo dudo, para la que no nací. Actué como si mi padre no supiera que era posible conseguir un duplicado.

En los últimos años me decía: "Cuando solicites trabajo y te exijan el título original diles que se perdió en la inundación del 99. Esas gentes comprenderán; pero si tienen dudas, sugiéreles que te hagan un examen." Me alegro de haberle prometido que lo haría porque así murió tranquilo, seguro de que alguna vez iban a darme la oportunidad de auscultar enfermos o hacer una operación. Quiso que estuviera presente en la suya. Ojalá haya creído que me encontraba entre el personal que lo asistió en el quirófano. Pobre padre mío: al borde de la muerte seguí mintiéndole.

Honestamente pienso que él tuvo un poco de culpa. Nunca me preguntó a qué pensaba dedicarme. Mientras te lo cuento pienso en qué le habría respondido. De niño jamás hice planes porque muy pronto me vi agobiado por la muerte de mi madre y años más tarde por la de mi hermano Roberto. ¿Sabes cuál era nuestro sueño? Ir a Panamá. Lo vimos en un mapa, entre el Mar de las Antillas y el Océano Pacífico, y nos fascinó.

Después de mucho tiempo de no pensar en eso lo recordé hace un año, gracias a que la tromba no derribó la puerta de mi casa y pude encontrar pegado en ella el aviso: "Trajimos un paquete procedente de los Estados Unidos. No hubo quien lo recibiera. Para agendar nueva fecha de entrega favor de comunicarse al número..."

III

Hace años mi tío Joaquín se fue a California. Aunque no hemos tenido mucho contacto pensé que sólo él podía haberme enviado algo, pero ¿qué? A lo mejor retratos de su nueva familia, de su casa o de su coche. No te rías: varios vecinos tienen en su sala fotos en donde sólo aparecen automóviles rojos y amarillos recién comprados. Para los que se quedaron acá esas imágenes son tan importantes como para mi padre lo fue mi título: una prueba de que *alguien* se salvó del fracaso.

Cuando leí el aviso ya era tarde, así que me pareció mejor comunicarme a la agencia por la mañana. Como desde hace un año suspendí mi celular y las casetas que hay por estos rumbos están inservibles, temprano me fui a la tienda de El Chato y llamé. Me respondió una grabadora: "Para español, marque uno; para inglés, marque dos. Si quiere hacer una reservación o modificar su itinerario, marque tres. Si desea informes acerca de envíos foráneos digite cuatro. En caso de requerir mayores especificaciones acerca de nuestros servicios oprima el cero." Lo hice. Cuando al fin logré obtener respuesta volví a oír una voz automática: "Por el momento nuestros agentes están atendiendo otra llamada. Por favor, espere en la línea." Pausa y de nuevo ¡el mismo sermón! Rompí el aviso. Me disponía a colgar cuando me sorprendió la voz de un hombre: "Lo atiende Raúl Iglesias. ¿En qué puedo servirle?"

Le dije que había recibido el aviso de un envío y deseaba rescatarlo. Lo sentí sonreír: "Perdone. Hay una confusión: marcó usted al área de cartera empresarial. Voy a darle el número donde podrán atenderlo de inmediato. ¿Tiene con qué anotar?" Le pedí al Chato su plumil y escribí las cifras en la palma de mi mano. Marqué

232

y enseguida me respondió una voz femenina: "Aquí Jenny. ¿Con quién tengo el gusto?" El instinto me aconsejó darle mi nombre al amparo de mi título: "Doctor Zárate, a sus órdenes. Mire, esta mañana encontré un papel..."

Le recité de memoria el recado del mensajero. Advirtió mi nerviosismo y dijo que estaba tomando nota, que no me preocupara: mi paquete estaba seguro. "No es que desconfíe. Lo que pasa es que me costó mucho trabajo comunicarme con ustedes. Además, me urge saber..." Jenny, que parecía entrenada para comprenderlo todo, se me adelantó: "¿Quién se lo manda? ¡Lógico! Un paquete siempre nos mueve a la curiosidad. ¿Podría decirme de dónde me está llamando?" "Del Estado de México."

Un cambio en su respiración denotó su sorpresa. Me pidió que repitiera la procedencia. Lo hice y la empleada suspiró con alivio: "Ahora comprendo por qué ha tenido tantas dificultades para comunicarse: está usted llamando a nuestra sucursal de Panamá." Dirás que estoy loco pero en ese momento, en segundos, recordé a mi hermano Roberto y nuestros proyectos para huir hasta allá, buscar trabajo en la zona del Canal y pasarnos el resto de la vida viendo barcos de todo el mundo.

La emoción me ahogó la voz. La empleada interpretó mi silencio como muestra de disgusto: "Doctor Zárate, coincido con usted: este tipo de confusiones no deberían ocurrir. ¿Tiene a mano el aviso que le dejaron? De ser así vea la última línea. Allí encontrará el nombre del mensajero. ¿Me lo dice por favor?" Entusiasmado, temblando, pregunté: "¿De veras estoy comunicándome a Panamá?" La comprensiva Jenny se volvió impaciente: "Ya se lo dije. Ahora, tenga la amabilidad de otorgarme el dato que le solicité."

Había roto el aviso pero de todas formas empecé a buscarme en los bolsillos —como si la empleada estuviese delante y yo quisiera demostrarle mi buena disposición a colaborar con ella— y le mentí: "Veo nada más una firma y es ilegible." Jenny salvó el escollo: "No se preocupe, doctor, me bastará con el número de guía. Está en el anverso de la notificación. Léamelo dígito por dígito para evitar confusiones."

No iba a confesarle que había roto la dichosa notificación así que le mentí de nuevo. No lo hice porque me importara el envío sino para mantenerme en contacto con Panamá: "Lo siento, señorita, los número son muy pequeños y por el momento no hay luz. Aquí está muy nublado porque ha llovido muchísimo. ¿En Panamá también está lloviendo?" Lo dije y me imaginé abrazado de mi hermano mirando las esclusas del Canal y los barcos. "Llovió." El laconismo de Jenny anunciaba su retirada. Quise evitarla con mi sinceridad: "Por favor, no me malinterprete: se lo pregunté porque mi hermano y yo siempre quisimos conocer Panamá. Lo había olvidado pero cuando usted me dijo..."

Antes de que pudiera terminar la frase Jenny colgó. Tuve que hacer lo mismo. El Chato dijo que me cobraría la llamada internacional en cuanto le llegara el recibo. Salí de la tienda. Relampagueaba. En la calle parcialmente inundada por la tromba del día anterior los vecinos iban de un lado a otro trasladando muebles pequeños y atados de ropa. Al verlos imaginé el trajín junto a las esclusas y quise regresar a Panamá aunque sólo fuese por medio del teléfono. Tenía el número de la agencia escrito en la palma de la mano. La abrí en el momento en que empezó a llover. Las cifras se borraron, se convirtieron en una laguna oscura y mínima en donde otra vez se hundió el sueño de mi hermano Roberto y el mío: huir a Panamá.

Crisis

I

SE LO DIGO POR EXPERIENCIA: TODO TIENE SUS VENTAJAS, hasta la crisis que nos está asfixiando parejo. Cuando empezamos a sentirla me parecía imposible imaginar cómo iba a ser nuestra vida sin permitirnos lo que para nosotros eran auténticos lujos: ropa nueva, un compacto, una cenita de vez en cuando en un restorán.

Antes de que a mi esposo Nicolás le redujeran sus días laborales y faltara la clientela en el salón de belleza en donde trabajo, los domingos nos salíamos desde temprano a los centros comerciales aunque sólo fuera a ver los aparadores y por la tarde nos metíamos al cine. Con lo caras que están las entradas y los aumentos de la gasolina decidimos quedarnos en la casa.

Tuvimos que conformarnos con pasar todo el domingo viendo la tele. Doña Rosina y don Arcadio, los abuelos de mi esposo, casi no la veían porque a ellos les gusta más la radio. Mientras oyen noticieros o música pueden seguir haciendo sus cosas: doña Rosina teje y don Arcadio repara los pocos relojes que le traen a componer. Envidio la buena vista que, a su edad, aún tienen los dos.

Hace algunos días decidimos alejarnos un poco de la tele y de la radio al menos mientras terminan de transmitirse los veinticuatro millones de anuncios con que los partidos quieren ganar votos para las próximas elecciones. No hemos llevado la cuenta pero don

Arcadio, que es muy meticuloso, asegura que van apenas quince. Como ya está viejo le preocupa morirse antes de que acaben los dichosos mensajes políticos.

Si prescindir de las cenas y los paseos me resultaba difícil, me pareció que sería insufrible vivir sin tele. Supuse que a los abuelos de mi marido les ocurriría lo mismo sin su radio.

II

Hace dos semanas, el primer domingo alejados de esas diversiones, pensé: "Y ahora ¿qué haremos?" Temí que lo que hace todo el mundo: comentar las malas noticias que circulan por dondequiera. Me resigné a pasarme las horas viéndonos las caras mientras repetíamos que ya ha habido quinientos asesinados en lo que va del año, subió a cientos de miles el número de desempleados, el peso se devalúa a diario, aumentan los precios, las adicciones y los suicidios entre los jóvenes; los divorcios van al alza, los congestionamientos vuelven intransitables calles y avenidas, y el caos en la ciudad se prolongará por lo menos un año más.

Ese domingo las dificultades empezaron desde temprano. Los niños protestaron porque como su abuelo no les permitió encender la tele ellos se aburrían en la casa. Les dije que no fueran tontos y se pusieran a leer: tienen un montón de cuentos y nunca los han abierto. ¿Sabe con qué me salieron? Que si agarraban un libro iban a sentirse como si estuvieran en la escuela.

Su padre se enfureció y estuvo a punto de pegarles pero se lo impedí: "Nunca les inculcamos el hábito de la lectura y ahora quieres que Ángel y Toño se comporten como si hubieran nacido en una biblioteca." Nicolás me reclamó que yo en todo y por todo me pongo del lado de los hijos.

Pensé que si yo no era prudente íbamos a terminar peleándonos. Con mi mejor tono le sugerí que se llevara a los niños al parque. Nicolás me contestó que para eso tendría que sacar el coche: "Voy a gastar en gasolina y aparte en comprarles a tus hijos cuantos antojitos y chucherías vean en el camino."

Don Arcadio metió su cuchara: "El parque no queda tan lejos: váyanse caminando. Eso es bueno. Si he llegado a esta edad es precisamente porque usé mis dos piernas para lo que Dios dispuso: caminar. Mis padres, que en paz descansen, y yo recorríamos distancias enormes sólo por el gusto de hacerlo."

Toño, el menor de mis hijos, le preguntó si eso lo había divertido: "Pues sí, bastante, y conste que no me compraban nada o si acaso una paleta o una bolita de caramelo. Pero no me podía: la cosa era estar juntos y ver." "¿Ver qué cosa?", dijo Angelito muy extrañado. Se asombró más con la respuesta de don Arcadio: "Pues las calles, los árboles, las casas, la gente. Eso siempre es muy interesante y divertido." Mis hijos intercambiaron una miradita como diciendo: "¿De qué habla este señor?"

III

Comer sin la tele puesta, como lo hacíamos siempre, volvió muy tensa la hora de la comida porque no encontrábamos de qué hablar y sólo nos veíamos las caras. De repente Toñito me señaló y comenzó a reírse: "Mamá, ¡qué chistoso! Tienes los ojos medio verdecitos." "Igual que siempre. ¿No te habías fijado?" Me contestó que no.

Soltamos la carcajada pero mi marido siguió callado. Le pregunté qué le pasaba y se dirigió a don Arcadio: "Abuelo: no sabía que cuando eras chico caminabas por toda la ciudad con tus padres." Don Arcadio se llenó de orgullo: "Siempre que podíamos pero, eso sí, después de haber ordenado la carbonería."

Por primera vez nos enteramos de que don Arcadio había trabajado en un expendio de carbón. A doña Rosina se le humedecieron los ojos: "El local era pequeño y de techos muy altos. Yo iba cada tercer día con mi mamá a comprar el carbón. Así nos conocimos Arcadio y yo." La interrumpí: "¿Y qué edad tenían entonces?" Doña Rosina cerró los ojos: "Yo dieciséis y Arcadio catorce." Ángel pegó un salto: "Nunca nos dijiste que fueras mayor que mi abuelo."

Don Arcadio nos hizo otra aclaración: "Ahora esas diferencias no importan, pero antes sí. El día en que nos corrieron las amonestaciones entre nuestras familias se armó un escándalo tremendo. Con decirles que la boda estuvo a punto de suspenderse. Oigan, no sé por qué ponen esas caras."

Mi marido aseguró que no lo recordaba y siguió preguntando: "¿Adónde se fueron a vivir?" Doña Rosina respondió: "A Tlatilco. Allí nació Félix, tu padre, que en paz descanse. Gracias a Dios, tuvo tiempo de conocer a Toñito y Ángel, tus hijos, mis bisnietos."

Les pregunté a mis niños si se acordaban de don Félix. Toñito no, porque cuando su abuelo murió él tenía apenas cuatro años. Ángel dijo que él sí pero su hermano no le creyó: "¡Mentiroso! A ver dime ¿cómo era?" "Pues así, altito y ... no sé qué más." Quise ayudar a Ángel a hacer memoria: "¿No recuerdas lo que te platicaba? Una vez te dijo que iba a llegar el momento en que se fuera a vivir a los árboles. Tú lo interpretaste como que se mudaría a Chapultepec. Don Félix se rió mucho de que no comprendieras que estaba refiriéndose al momento de su muerte, cuando lo enterraríamos en el cementerio Los Sauces al lado de su esposa, Eufrasia.

Mis hijos no podían creer que su abuela hubiera llevado un nombre que les sonaba horrible en comparación a los que se usan hoy: Karen, Joyceline, Karla, Paola, Irahí. Doña Rosina les explicó que antes la costumbre era bautizar a los niños con el nombre del santo que amparaba el día de su nacimiento, que si se hubiera respetado esa costumbre Ángel se llamaría Basílides, porque nació el 30 de junio; Toñito, Leovigildo porque es del 20 de agosto. Los niños se hicieron bromas y estallaron en carcajadas. Su risas, sin el trasfondo de la televisión y de la radio se oían nítidas, distintas.

"Cuando se ríen se parecen a mi mamá", les dije. Toño me preguntó si su abuela materna tenía los ojos del color de los míos. No pude recordarlo con precisión. Sentí angustia, culpa por no haberme fijado bien mientras ella vivió. Sus fotos estaban perdidas en algún rincón y decidí buscarlas al día siguiente.

En las cajas en donde las guardaba de seguro también iba a encontrar su misal, su mantilla, su ramo de novia, el *Cancionero Picot* y su recetario ilegible. Aunque me tomara semanas enteras estaba dispuesta a encontrar la receta de las albóndigas rellenas de arroz. Son sabrosas y baratas, ideales para comerlas los domingos.

IV

La crisis es real, se agravará, nos obligará a prescindir de más cosas cada día y a inventarnos estrategias de sobrevivencia. Lamento que afecte a tantos millones de personas en el mundo, desde luego a los seres que amo, y me indigna que quienes la provocaron sigan tan campantes como si nada. Sin embargo, algo bueno ha comenzado a tener para mí la crisis: en la familia empezamos a convivir y a conocernos. Don Arcadio y doña Rosina nos dijeron cómo y en dónde se encontraron, Nicolás recordó a su padre y mis hijos al fin se dieron cuenta de que tengo los ojos medio verdecitos como su abuela.

Confío en que antes de que terminen de transmitirse veinticuatro millones de anuncios electorales tengamos tiempo para reconstruir la historia de la familia con sus secretos, sus nombres y sus sabores.

Índice

Siempre se van

7

El último adiós

11

Los tesoros del mar

15

El muro

21

Los papeles de Mini

25

El perro de Erick

31

El jardín de las mimosas

37

Plaza del Carmen

43

Antártida
47

Hijas de las tinieblas
51

El ahuehuete
57

La tormenta
63

Un secuestro
69

Cajas
75

Sólo chatarra
81

Las flores blancas
87

Fideo seco
91

La nueva vida
97

Los invasores
103

Renglones cortitos
109

La memoria del agua
113

El canto de los libros
117

Cartas del norte
123

Tiempo-aire
129

Vías alternas
135

La Negra
141

Muñeca rota
145

Solito
151

Fondeadero
157

La última odalisca
163

Kilómetro 73
169

La casa grande
175

La batalla perdida
181

Navegaciones
187

Humo en tus ojos
193

Boleta de refrendo
197

Cartas perdidas
203

Papel picado
209

Colibrí
213

Después del 2 de noviembre
219

El sombrero y la silla
223

Panamá
229

Crisis
235